文芸社セレクション

ブサイクの君に恋してる

星 優利愛

HOSHI Yuria

文芸社

目次

第一部

プロローグ

二〇〇七年一月下旬。

ここは、東京近郊のとある住宅地。

小さな郵便局のポストの前で、一人の女性が大きな封筒をじっと見つめている。

やがて彼女は意を決すると、その大きな封筒をコトンと銀色のひさしの向こう側に落とした。

（入れちゃった！　ついに、送っちゃったぞー）

彼女の名前は、風花《ふうか》。二十二歳のフリーターである。

もっとも、アルバイトは数ヶ月前に辞めたので、今の状態はニートである。

彼女は高校卒業以来、ずっとフリーターを続けてきた。

その理由は一つ。正社員になる勇気がないからである。

「アルバイトをしている」と言うと、世間の人達からは、〝プラッとしている〟とか、〝遊んでる〟とか、どうも軽く見られがちであるが、バイトだって立派な仕事だ。あれだって結構大きな責任を抱えている。例えば、コンビニには、毎日決まった時間に、おにぎりや弁当の賞味期限切れ間近のものを探し出して処分する仕事があるのだが、もし一つでも見逃したりしたら、それを食べたお客さんが食中毒になってしまうかもしれない。もしそんな事件が起こったら、店は三日間の営業停止処分となる。その被害総額は何百万、いや、もっとするだろうか？　それに、店の悪いうわさというものは千人、二千人くらいにはあっという間に広がるのだそうだ。コンビニのアルバイトに採用されると、出勤初日にそんな内容のビデオを見させられる。

もちろん、コンビニの仕事はおにぎり探しだけではない。たった五時間のシフトの中に、それぞれに責任のある仕事がたくさん詰め込まれている。

そんなわけで風花は、たった一日五時間のバイトでも、朝から緊張して、他の事は何も手につかないのだ。バイトだけでも精一杯なのに、これ以上の責任を抱えるなんてとんでもない。

風花には、特にやりたい仕事などなかった。

しかし家で転がっていると、親がうるさい。

親は時々、そのフリーター生活に満足しているのか？　と聞く事がある。それなのに、いざ風花が「こんな資格でもとろうかな？」と、専門学校のパンフレットを見せ

たりすると、

「そんな資格を取ったくらいで、まともな仕事なんか就けるはずがない」

じゃあ一体、娘が何をすれば満足なんだろう？

風花がバイトを辞めたのは、パソコンの専門学校に入って、ｗｅｂデザイナーの仕事に就くためであった。

そのための学校選びをしていたところであったが、最近、風花にはそれよりももっと興味のあるものが出来てしまった。

それは、先日Ｍ－１グランプリで優勝したコンビ「チャップスティック」のツッコミ役、池田千昭《いけだちあき》である。

彼は丸顔に茶色い肌、身長はおそらく百七十センチに満たないだろう。風花は彼をテレビや雑誌などで見かける度に、「あの子いいな」「かわいい」などと少しずつ思い始めていたのだが、先日のＭ－１を観て、ついにその想いが爆発してしまった。

それ以来、彼は風花の心の中の新たな恋人となったのである。

もっとも、世間で人気があるのは、相方の藤本直哉《ふじもとなおや》の方である。なぜなら、彼はイケメンだからだ。ウソだか本当だか知らないが、無名時代の某ハリウッド女優から電話番号をもらった事があるらしい。しかし風花は彼には興味がない。確かに、初めて見た時は、「わ、格好いい」とは思ったが、それ以上の関心はない。風花は昔から、学校で一番モテる男子とか、みんながキャーキャー騒ぐアイドルとか、ミュージシャンとか、そういうものを好きになった事が一度もない。別に「男は顔じゃない」という信念を固く貫いて意地を張っている訳ではない。ただ、今まで好きになった人の中にイケメンはいないのだ。なぜかイイ男ほど、風花には普通に見えてしまうのだ。

　しかし世間では、池田は藤本の引き立て役と呼ばれている。しかも恋人もいないらしい。

　風花は思う。

「なんでみんなあの可愛さが分かんないかなあ？」

　こういう時、普通の人なら彼の事をブログに書いたり、ファンレターを出したりすると思うのだが、風花はそれよりももっとすごい行動に出ようとしていた。

　なんと、風花は彼と出会うために、お笑い芸人を目指す事にしたのだ！

　どうせ、文句を言われるのなら、ｗｅｂデザイナーだろうが、お笑い芸人だろうが、たいした違いはない。

　それに、風花は今まで無目的に続けてきたバイトのお陰で、資金は充分にあるのだ。自分のお金でやる事なんだから、親に文句を言われる筋合いはない。

そう、今風花がポストに投函したのは、お笑い専門学校「NCA」（日本コメディアン・アカデミー）の入学願書だったのだ。

第一章

四月。

風花は晴れて無事、ＮＣＡに入学する事が出来た。

お笑い学校に入る事を親に話したら、当然「あんたにそんな事が出来る訳がない」とか言われると思ったが、意外や意外、

「あんたは目標がないんだから、一度それ位の事をやってごらんなさい」

本当に、娘にどうなってほしいんだか、よく分からない親である。

もっとも、池田と出会う事が目的であるとは言わなかった。ちなみに、自分が池田を好きであるという事は、親も含め、誰にも話した事がない。

そして風花は、コレを機に一人暮らしを始める事にした。場所は東中野の古い風呂なしアパートで、部屋は畳である。本当はもっとかわいい所に住みたいが、出来るだけ金をかけない方がいい。在学中はアルバイトはしないつもりである。風花は二つの事を同時に出来ないたちである。せっかくお笑いの勉強をするのだから、他の事に気

を取られたくないのだ。

ＮＣＡは新宿駅南口から徒歩五分位の所にある。近くには女子大もあり、普段から多くの学生でにぎわっている所である。

さて入学初日、新入生達はホールに集められ、早速その場でコンビを組まされる事となった。

しかし風花は誰とも組まなかった。風花はピンで活動したかったからだ。

風花は入学前からすでに、頭の中で、自分がどのような芸で、どのように活動するか、プランを練ってあったのだ。


風花がやろうとしているのは、「替え歌芸人」である。

風花は小・中学校時代から、友達や先生に関する替え歌を作っては、みんなを笑わせるのが得意であった。

たまに友達が替え歌を作る事もあったが、そんな時は風花がちょこっと手直しをしてあげる。そうするとたいてい風花の方が出来ばえが上なのだ。

「風花うまいねえ」

友達も感心する。

風花は思っていた。

もしかしたら、私は才能があるんじゃないだろうか？

ある時、視聴者が新しい流行語を考え出して投稿する番組を観ていたのだが、その番組に、自分が考えた言葉と全く同じ言葉が採用された事があったのだ。もし風花も投稿していたら確実に採用されたはずだ。

これと同じ様な事はラジオ番組や、また芸人のネタでも見かけた事がある。しかし風花の考えている事が、世の中に出る機会はなかった。

でも……風花は思っていた。

もし私の考えている事を世の中に出したら、実は、すごく面白いんじゃないだろうか？

本当は、業界人も認めるレベルの才能を持っているんじゃないだろうか？

たとえ持っていなかったとしても、今テレビに出ている芸人だって、最初から面白かった訳じゃないだろう。例えば、子供の頃見た、ヒッチハイクで大陸を横断したコンビ、彼らのコントは子供心にも実に面白くなかった。今は解散してピンで活動しているが、最近、結構テレビに出ているじゃないか。彼だってあんなに面白くなかったのにあなれるんだから、私だって、やって出来ない事はない。それに、私は現時点でも、あの当時の二人よりは面白いという自信はある。

明日は今、第一線で活躍している現役クリエーターの講師が来るんだそうだ。

風花は東中野のアパートで、明日講師の前で披露する替え歌を、わくわくしながら書き上げた。

この歌には、自信があるのだ。


次の日。

生徒達は講師の前で、ネタを披露する事になった。

講師はすでに生徒達の台本に目を通している。

講師の男は三十代半ばで、眼鏡をかけ、腕を組み、何だか斜に構えた座り方をしている。この男は某人気バラエティ番組の構成作家だそうで、先生方も、この方に来て頂けるのは実にありがたい事なんだと強調しまくっている。

生徒達は緊張していた。一方、風花はわくわくしていた。早く見てもらいたくてしようがない。

ネタ見せが始まった。緊張した空気の中、生徒達は一組ずつ、椅子に座っている講師の前に出ては、ネタを披露する。

　しかしこの男はひどかった。乱暴な言葉遣いで、時には台本を床に投げつけたりする。それでもどの組もみんな、最後には「ありがとうございます」と言っている。

　風花には分からなかった。あんなひどい事を言われているのに、どうしてみんな「ありがとうございます」なんて言えるんだろう？　もしかしたら、これはこの世界の〝暗黙の了解〟なんだろうか？　もしここで逆らったり、くってかかったりしたら、それはきっとKYなんだろう。

　まあいいや。あの講師だってネタが良ければ何もひどい事は言わないだろう。何せこの歌は自分で見ても完成度が高い。何度見直しても、もう直すべきところはどこにもない。あの頃の友達もきっと笑ってくれるはずだ。

　風花の番が来た。風花は他の生徒達と違い、ニコニコしながら講師の前に進み出た。

「風花と申します。今日は、替え歌を歌わせて頂きます」

『キャンディ・キャンディ』の替え歌で、

〝哲平《てっぺい》　アルタ〟

　アルタ哲平というのは、アゴの長い合コン好きの中堅芸人である。

「余白なんて　気にしないわ

　曲がりアゴ　だって　だって　だって

お気に入り
プロレス　合コン　大好き
下田の悪口　大好き
私は　私は　私は　アルタ

一人ぼっちでいると
ちょっぴりさみしい
そんな時自分の　ビデオを見つめて
笑って　笑って　笑って　アルタ
泣きべそなんて　さよなら・ね
哲平　アルタ」

（あれ？）
歌い終わるまでには爆笑になっているはずだと思ったのに、一人も笑わない。
生徒達は全員ポカンとしている。
講師は眼鏡をかけ直してこう言った。

「その替え歌はなかなかウマいけどね。キャンディ・キャンディっていつのアニメだ？　三十五歳以上じゃないと知らないいんじゃないか？」

「キャンディ・キャンディ知ってる人」と、先生が言った。

一人も手を挙げない。

（うそ……）

風花はショックだった。

風花の家にはアナログ式レコードプレーヤーがあり、子供の頃、よく古いレコードをかけて遊んでいたので、この歌は日本中の誰もが知っている歌だと思っていたのだ。

講師は言った。

「お笑いってのは、客の年齢層、性別、ＴＰＯに合わせて、臨機応変にネタを変えていかないとダメなんだよ」

なるほど、その通りだ。一人の笑いも取れていない。

どうしよう。まだ時間がある。もっと若い人にも分かる歌の替え歌は……そうだ、あれを出そう。

「あの、これもアルタ哲平に関する歌なんですけど、ａｉｋｏさんの『桜の時』の替え歌で〝合コンの時〟っていう歌があるんですけど、歌っていいですか？」

「いいよ」
そこで風花は二曲目を歌い出した。
「今まで私が行った合コン
間違いじゃないとは言い切れない
でもアルタと会った事で
すべて報われない気がするよ
しゃくれてるアゴが迷惑で
しかめっ面したあたしに
相方が秘密を教えてくれた　ありがとう
〝奴は三十五になったら
必勝本を売り出すつもりなんだ〟
下田が言う　あたしはうなずく
熊本出身　しゅーくりいむ　アルタ
彼も時々　いい人な事もあるけど
やっぱり邪悪なお兄さんみたい
ゆっくり　ゆっくり

近づく次のゲームは　王様ゲーム
割り箸の数の相手が
アルタでないように」

これはそこそこウケたが、中には首をかしげている生徒もいる。

「おい、〝奴は三十五になったら〟ってどういう事だ？　アルタ哲平は今三十八だろ？　それに今は結婚していて、合コンには行ってない」

「あ、これは、高校の時に作った歌なんで……」

「お笑いは古くなったら終わりなんだよ！」

ついに講師は声を荒げた。

「あのさ、ＰＢＳで素人が替え歌を作って出場する番組があるよな。見た事あるか？　つまりこういう替え歌は素人にも出来るわけ。別に替え歌でメシを食っていくのが悪いって言ってる訳じゃない。ただ、プロとしてやるからには素人が出来ない事をやらないと。素人が出来ない事で笑いをとって、初めてプロとして認められるんだから。金を払う価値があるんだから。だれにでも出来るような笑いなんかわざわざ金払って見に来ないだろ？　こんな時代遅れの替え歌を持ってくんのはその辺のジイさんババアさんだって出来るんだよ！」

講師は風花の台本を床に投げ落とした。

「もっとプロとして通用するものを持って来い！」

ここまで乱暴にする必要があるんだろうか？

風花は口惜しかったが、それでもこう言うしかなかった。

「ありがとうございました」


実は、キャンディ・キャンディの替え歌は他にも〝アカシアさんま〟バージョンがある。アルタ哲平の替え歌は他にもポルノグラフィティ『アポロ』の替え歌で〝アルタはくりぃむがまだ海砂利《うみじゃり》だった頃から　曲がらないアゴの形探してる〟というのもある。しかしどれもこれも、あの講師のダメ出しの前には全滅だ。あれから風花は新曲を作ろうと、色々な音楽番組やFMラジオをチェックしたが、最近の曲では、あまり良いものを思いつかない。

考えてみれば、風花の替え歌のレパートリーなんて、中学・高校時代から何年もかけてやっと七、八曲程度なのだから、それをここ一、二週間で新曲を作れなんて、土台無理な話なのだ。

「プロかあ……」

風花は自分の考えが甘かった事を痛感させられた。

そのうち風花は、授業についていけなくなった。特に苦手な授業は「アドリブ」である。これは、講師が出したお題に、生徒がアドリブで回答していくものだが、風花は良い回答が思いつかず、いつも早く時が過ぎるのを待っていた。

お笑いは時間との闘いかもしれない。

もっと時間さえあれば、私だっていい回答を思いつくのに、授業は待ってくれない。

もっと時間さえあれば、私だっていいネタを思いつくのに、発表は待ってくれない。

そして風花は発表のたびに自分でも不満足な出来のものを発表しては、また講師から辛口のダメ出しをくらってしまう。

その繰り返しだった。

風花はだんだん、学校がいやになっていった。

そんな風花に目を付けた一人の女子がいた。

ある日の放課後、風花が駅前のファーストフード店で食事をしていると、風花の同期で、相方からフラれた和代《かずよ》という女子が、風花に近づいてきた。

「風花ちゃん、コンビ組もうよ。私の言うとおりにやってくれればいいから」

毎日の授業と発表にへきえきしていた風花は、これで少し楽になれると思い、つい承諾してしまったのだった。

この学校には月一回、生徒達のネタ見せライブがあり、一般の客が無料で見られるようになっている。

和代はライブの台本を風花に渡した。

「読んでみて。絶対面白いから」

そこで風花が目を通してみると……。

「お魚は　いつも裸で　恥ずかしい
ザリガニは　はさみがあるから　恥ずかしい
海は　波があるから　恥ずかしい……」

（はあ？）

こんなものが延々百五十個位書かれているのだ。

（どこが面白いの!?）

しかし、ライブのために練習しなければならない。

二人は幼稚園児の格好で、ネタを順番に一つずつ、交互に幼児声で言い合っていった。そしてそれをライブで披露すると……。

ウケるウケる。それはもう、びっくりするほど大ウケなのだ。

「なんで？」

風花には分からなかった。

講師陣からも大好評である。

どうやら和代には才能があるらしい。

おかげで風花は授業も発表も、無事に乗り切る事が出来るようになった。

しかし風花は納得いかなかった。

時が経つうちにジレンマを抱えるようになったのだ。

和代は風花をかなり気に入っているらしい。和代は風花の事を、おとなしい聞き上手で、何でも自分に合わせてくれる子だと思っているのだ。

（違う。そんなの本当の私じゃない）

私は本当は自分の考えたネタで、自分の納得する事で、笑いを取りたいんだ。

でも自分には才能がないから、今はこの授業を乗り切るため、このライブを乗り切るために、和代を利用しているだけだ。

和代は弁当の時も自分の事ばかり話し、自分だけが喜んでいる。

風花はそんな和代にいら立っていた。

しかし他にどうする事も出来ず、日増しにジレンマが強くなるまま、月日ばかりが経ってゆく。

九月。

ついに卒業プレゼンの日がやって来た。

この日は何社もの大手プロダクションのスカウトマン達がやって来る。彼らの前でネタを見せ、一社でもスカウトがあれば卒業だ。

何組ものコンビが次々と受かったり、落とされたり、悲喜こもごもの光景が繰り広げられる中、ついに風花達の番が来た。

二人の「恥ずかしいごっこ」は、ここでも大好評で、なんと全社のスカウトが挙がるという快挙を成し遂げた。

和代は大喜び。ついに夢の実現への第一歩である。

しかし風花は全然うれしくなかった。スカウトマン達のもとへ向かう一歩一歩の足取りが重い。

その短い距離の間に風花は考えた。

（このままついて行ったら、和代の言いなりの人生が始まってしまう。本当の自分じゃない人生が始まってしまう……）

その時、風花はハッと気づいた。

（和代のネタって……一人でも出来るじゃん!?）

ついに風花は決意した。

やめよう。

池田と出会う方法は、他にもある。

「あの、私……辞退します」

「は!?」

ありえない事態に凍りつく教室。

「あの、私、今まで相方が考えたネタで、相方の言うとおりにやってたんですけど、私、やっぱり自分のやり方で笑いを取りたいんです。だから、今回、この話はなかったという事で……」

静まりかえる教室。

あきれ返るスカウトマン達。

教室にはただ、和代の泣き声だけが響き渡っていた。

結局風花は、卒業間近になってＮＣＡを辞めてしまったのだった。

第二章

ＮＣＡを辞めた風花は、すでに次なる手段を考えていた。

それはマネージャーである。

折しもチャップスティックの所属するＮ興業が、アルバイトのマネージャーを募集していた。

風花は面接を受けた。もちろん、ここへ入ったからと言って、即、憧れのチャップスティック担当になれる訳ではない事は分かっている。Ｎ興業は業界最大手で、関東と関西に膨大な数の芸人を抱えているのだ。

それでも、ここへ入る事は夢の実現への第一歩になるだろう。すぐには無理でも、いつかチャップスティック担当に回される日が来ないとも限らない。風花は期待していた。

晴れて採用が決まった風花は、新人コンビ「ジャンバラヤ」の担当となった。

ジャンバラヤは十九歳のボケの山田《やまだ》と、二十歳のツッコミの関口《せきぐち》のコンビで、デビューしたての超新人。風花がきちんとＮＣＡを卒業していれば、同期になったはずのコンビである。

風花はチーフマネージャーについて仕事を教わる事になった。

仕事の基本は電話応対から。電話で入って来た仕事をスケジュール帳に書き込むのだ。

風花は敬語のわずらわしさに閉口した。敬語って、どうしてこんなに細かく出来ているんだろう？　そして、どうしてみんなこんなにうるさいのだろう？　うっかり間違った使い方をしてしまった時の相手の反応といったらない。何もそんなに目くじらを立てなくてもいいではないか。ちゃんと語尾に「です」「ます」を付けているんだし、よっぽどの汚い言葉を使わなければいいじゃないか。

風花は思う。大人の日本人は神経の大半を敬語の使い方ですり減らしているんじゃないだろうか？　無駄な事だ。敬語なんてなくなればいいのに。

ジャンバラヤは超新人だが、このお笑いブームで、仕事は結構多かった。

仕事を受ける時は、必ずスケジュール帳を開き、他の仕事と重ならないようにしながら仕事を入れる。これは、基本中の基本。

ところが風花は一度、スケジュール帳を見ないで仕事を入れてしまった。大丈夫、さっき見たばかりだから、あの時間に仕事が入ってないのは知っている。

ところが風花が電話を切った瞬間、チーフが飛んできた。

「ちょっとあんた、今のダブルブッキングよ！」

「え!?」

なんとそのわずかな時間の間に、チーフが別の仕事を入れていたのだ。

もちろん風花は、こっぴどく叱られた。

（あー、池ちゃんと出会うって、こんなに大変な事なんだ……）

その日の晩、風花は海よりも深く凹んでしまった。


風花はジャンバラヤの地方営業に同行し、ネタをやる様子などをじっくりと観察していた。芸人の仕事の質をチェックするのもマネージャーの仕事である。今日は仙台に来ている。

しかし風花は困った。彼女はお笑いは大好きだが、「間がどうだ」「テンポがどうだ」という見方でお笑いを観た事がなかったからである。

一体、彼らに何をアドバイスすればいいのだろう？　何かマネージャーらしい事を言わないと……。

と、彼らを観察していた風花は、おかしな事に気がついた。

ボケの山田が異様に老けて見えるのだ。

顔色が暗い。昨日は元気そうで、はつらつとした感じに見えたのに……。彼はまだ十九歳である。人は一日でこんなに老けるものだろうか？　どこか具合でも悪いのか？

彼の昨日との違いは何だろう……山田の昨日一日の行動を思い返していた風花は、突然ハッと気付いた。

（ファッションだ！）

山田が今日は、うすい黄色のシャツを着ていたのだ。昨日は水色のパーカーだったのに。

これだ。彼らに教えるべき事はこれだ。

新人は売れっ子とは違い、衣装を出してもらえず、自前の服で活動する事が多いのだ。

見た目は重要だ。

ネタが終わった後、風花は二人を呼んだ。

「あんた達、ネタはいいんだけど、見た目がちょっとね。今日はあたしがいい服の選び方を教えてあげるよ」

「えっ、でも俺達金ないから、そんなにいいの買えないっすよ」と関口が言った。

「お金をかけなくても、自分をもっと良く見せる服を選ぶことは出来るよ。ついておいで」

　風花は二人を店に連れて行った。


　仙台市内の大きなショッピングセンターの一角に、カジュアルショップがある。主にジーンズを中心に扱っており、メンズ向けだが、女性も多く買いに来る店である。

　風花は二人を平台ワゴンの前に連れてきた。ワゴンには丸くたたんだTシャツが詰め込まれており、「この中¥500〜1000」と書かれている。

「これならあんた達にも買えるでしょ?」

　風花はうんちくも含めた独自のファッション理論を語りだした。

「あたしね、ファッションの九割は色の選び方で決まると思うの。色の選び方によって、すごく生き生きして見えたり、逆に老けて病気っぽく見えたり、全然違うんだよ。でね、今日二人を連れてきたのは、山田君が昨日と比べて、何かすごく老けて見えたからなの。山田君、今日は黄色いシャツを着てるけど、昨日はこういう色のパーカーを着てたでしょ?」

風花は水色のシャツを手に取った。

「はい」

「ちょっと、鏡の前でこれを合わせてみて。ほら、これとの違い分かる?」

風花は山田に水色のシャツを当てさせ、黄色のシャツを比べさせてみる。

「よく分かんないっす」

困ったな……。男性は女性と比べると、細かい色の違いを識別する能力が低いのだそうだ。

おおそうだ、大事な事を忘れていた。こういうのは明るい所で見なければ。

「ちょっと店の照明が暗いようだね」

店は全体的に照明が暗めだが、試着室の鏡の上にはライトがついている。

「あっちの方が分かりやすそうだね。あっちに行ってみようか。

あのね、人間は青系が似合う人間と、黄色系が似合う人間の二種類に分かれるんだよ」

「えっ、赤系と青系じゃないんすか?」と関口が言った。

「そう思う人が多いんだけどね、実は青と黄色なんだ。黄色系の人が青系の服を着ると違和感が出るし、逆に青系の人が黄色系の服を着ると顔色が暗くなって老けて見えるんだよ。ほら見てごらん、今度は分かるでしょ？」

「わあほんとだ、すげえ！」

風花の言う通りだった。山田が鏡の前で水色のシャツを合わせた途端、山田の白いほおにバラ色の赤みがさし、本当に生き生きとした好青年になった。しかし黄色いシャツに戻った途端、急に顔が茶色くなり、顔のしわが青黒くくっきりと刻まれ、老けた印象に変わった。

「山田君は青系だね。関口君はどっちかな？」

ワゴンから黄色のシャツを持ってきてあわせると、関口は黄色系であることが分かった。

「他にも、例えばピンク。これ一見、青にも黄色にも関係なさそうに見えるでしょ？でもこれも青系の人に似合うピンクと、黄色系の人に似合うピンクがあるんだよ」

風花は色調の違う二種類のピンクのシャツを持ってきて、二人に当てさせてみる。

「ほんとだー」

二人は感心している。

「こんな風に、自分が青系であるか、黄色系であるかによって、似合う服と似合わない服があるから、買う前に必ず明るい所で、鏡の前で合わせてチェックする事。合わせてみて、若く見えたら似合う服、老けて見えたら似合わない服だからね。もし、あ、似合わないな、と思ったら、たとえ気に入った色でも買わない事。必ずしも自分の好みと一致するとは限らないからね。

とにかく、買う前には恥ずかしがらずに、鏡の前で合わせる事だね」

「そうですかあ。俺、いつもあんま見なかったんすよ。だって店員さんとかに、〝こいつ、こんなの着るのかよ〟って思われるの嫌じゃないすか？　だからいつも遠くから見て、サッと取って、レジに持って行ってたんすよ」と山田が言った。

「その気持ちも分からなくはないけどさ、店員の目から見ると、そっちの方が変だよ。だってこの試着室も鏡も、そのためにあるわけじゃん？　あ、あの人見ないで買っちゃったけど大丈夫かな、あとで返品しに来たらめんどくさいなって思うよ」

「そうなんですか？」

「うん。私、洋服屋さんでバイトやってたから分かるよ。大丈夫、あんた達より変なお客さん、いっぱいいるから」

二人はそれぞれに似合うTシャツを一枚ずつ買って帰る事にした。

「ありがとうございました」

二人は礼儀正しく風花に礼を言った。

「でも風花さん、すごいですね。どっかそういう学校でも行ってたんすか？」

「いや、別に……。ちょっと雑学本で調べただけ」

「ふうん」

ところで、プロのスタイリストでも、案外この事を知らない人が多いのだろうか？　時折、テレビで芸能人がおかしな色の服を着せられているのを見かける事がある。

こんな風に、ジャンバラヤに服の事をうるさく言い続けて一ヶ月が経った頃、ある日風花は、会社の偉い人に呼び出された。

「君はスタイリストの方が向いているようだから、今月からスタイリストとして働いてもらう」

えっ、スタイリストって、デザイン科とか出てなくて良いんですか？　と思ったが、風花は訳が分からないまま、テレビ局の楽屋へ連れて行かれた。

その芸人の担当のマネージャーらしき女性について行くと、楽屋のドアの前に一枚の貼り紙があった。

「チャップスティック様」

えっ、チャップスティック!?

もしかして、もう夢がかなってしまうのか?

そんな驚きに浸る間もないままドアが開き、風花は、あのチャップスティックと初のご対面となったわけだが……、

「!!!!!!」

何と風花は、この瞬間から

藤本に恋をしてしまったのだった!!

第三章

初めて生で見る藤本直哉は衝撃的だった。

まず驚くのは目である。大きいだけじゃなく、瞳が深い。今にも吸い込まれそうだ。長いまつ毛、整った形の鼻、そして適度にぷっくりとした、まるでみずみずしいオレンジの様なジューシーな唇、それに一点の吹き出物もない、焼きたての白パンの様にしっとりとしたきれいな肌……。

なるほど、これはすごい。どうりで女達がキャーキャー騒ぐわけだ。風花は今までそういう女達を馬鹿にしていたのだが、どうやら馬鹿だったのはこの美しさに気付かない自分の方だったようだ。これならあのハリウッドでも活躍する、世界的に有名な香港女優ジョセフィン・クァンが電話番号を渡したという話も本当かもしれない。ただ者じゃない。世の中にイケメンと呼ばれる男はいくらでもいるが、彼は別格だ。何せ、二十二年間、どんなイケメンにも決してなびかなかったこの風花を、遂にノックアウトしてしまったんだから……。

風花は生まれて初めて、人はルックスだけで恋に落ちてしまう事があるという事を知ったのだ。

とにもかくにも、風花は藤本に惚れてしまったのだった。


さて、憧れだったはずの池田千昭だが、藤本の衝撃が一段落したあと、彼を一瞥しての、風花の率直な感想はこうだ。

(ゲッ、ブサイクじゃん……)

一体自分は、何でこんな男をかわいいと思っていたんだろう?

風花は自分にあきれた。


チャップスティックの二人は、すでにメイクも着替えも済ませ、本番を待っていた。

風花は早速、手持ちのTシャツで、二人が青系か黄色系かを調べてみた。

藤本は青系だった。しかも、藤本は風花と肌の色が近く、風花にとっては選びやすそうだ。

池田は肌が黒いので、これまで番組では赤やオレンジなど黄色系を着せられている事が多かったが、風花は以前からそれに違和感を感じていた。

そして調べてみたところ、思ったとおり、池田も青系である事が分かった。とはいえ、肌が黒いので、藤本と同じチョイスでは、地味な印象を与えてしまうかもしれない。これは、まだまだ研究が必要なようだ。

風花が二人のサイズをメモに書き込んでいると、藤本が声をかけてきた。

「君、スタイリストさんやのに普通やねえ」

「え……、普通って、どういう事ですか？」

風花はどぎまぎしながら答えた。

「スタイリストさんて、もっと個性的な格好してるやん。眼鏡かけたり、前髪パッツン短くしたり、ニット帽かぶったり……」

「あー、私ニット帽嫌いなんですよ。あれは人の顔の悪い所を強調するものですから」

「え、そうなん？」

藤本は驚いた。ちなみにこれはファッションうんちくではなく、風花の趣味の問題である。

風花は今まで友達にこの事を話すと、「うそだー」「かわいいじゃん」等と言われていたのだが、〝スタイリスト〟の肩書きが付くと、人はこんなにも反応するものなのか？

「ニット帽をかぶって、かぶる前より良くなる人間はいないですね」

「うそお！　俺愛用してんのに」

「でもこの前、モデルのリカさんが言うてたで。ニット帽は難しいって。俺もあんましかぶらへん」

池田は、意外と風花と好みが合うのかもしれない。

その時、ドアが開いて、ＡＤが声をかけた。

「本番十分前です」


風花は藤本に惚れたものの、彼に告白して付き合おうという気は毛頭なかった。第一、そんな事をする必要がなかったのである。それは毎日彼に会えるからだ。イケメンとしても知られる藤本はピンの仕事も多く、風花はその仕事にも同行していた。

毎日会って、仕事にも同行し、彼に似合う服の事ばかり考えていられる。

こんなに楽しい仕事があるだろうか？

もしかしたら、隠れて付き合う恋人よりも、よっぽど一緒にいられるんじゃないだろうか?

風花は子供の頃からよく、「風花ちゃんセンスいいね」「将来デザイナーになればいいのに」等と言われてきた。しかし風花は、自分はプロのデザイナーにはなれない事は分かっていた。なぜなら自分のやっている事は、人の作ってくれた服の中から、自分に合うものをチョイスする事である。自分で何かを創り出す事ではない。デザインする事も面白そうだけど、次から次に新しい流行が生み出される世の中について行けるかどうか自信はない。いくら自分が良いと思うデザインであっても、時代によっては笑われるものになってしまう事もある。

その点、スタイリストは数ある服の中から、そのタレントに似合う衣装をチョイスする仕事である。まさに自分の得意分野ではないか。

なぜ、これに気が付かなかったんだろう?

最初から、これを目指せば良かったのに。

「天職だ!」

風花は毎日楽しかった。

ある日、風花は池田と食事に行く事になった。

本当は藤本と三人で行く予定だったが、藤本のピンの仕事が押してしまい、二人で行く事になったのだ。

店に入った池田は、すぐに上着を脱いだ。

池田は暑がりで、冬でも室内ではたいていTシャツ一枚である。この日はそでが黒く、前身ごろ、後ろ身ごろが白い長袖のラグランTシャツであった。

白黒のラグランTシャツを着ている男性は多い。風花とチャップスティックは九歳離れているが、その位の微妙な年代の男性が着ると、まるでゴルフに行くオヤジの様なオッサン臭さをかもし出してしまう事が多い。

しかし池田の場合は、丸顔のかわいさを引き立て、とてもよく似合っている。下はほど良く色落ちしたブラックデニムのクラッシュジーンズに、コンバースの紫色のスニーカーと、青系のチョイスである。池田は風花と会う前から、この様な私服をチョイスしていたらしい。

「池田さんっておしゃれですね」

「俺が?」

「そのTシャツ似合いますよ。下のジーンズと靴も合ってるし。池田さん分かってますね。私がこの前言った青系と黄色系の話、知らない人が多いんですよ」

「ほんま？　俺、〝おしゃれ〟言われた事なんかないで」

ウェイターにメニューを渡され、二人は注文した。池田は食前のサラダと、食後にジュースも注文した。

前菜のスープとサラダが来た。

風花は池田に聞いてみた。

「池田さんは彼女いるんですか？」

「彼女なあ。仕事が忙しいから、つくるひまないわ」

「ですよね」

数ヶ月前の風花には、この質問の答えは大いに気になるところであったが、今の風花にはどうでも良かった。

「風花は彼氏おるの？」

風花はこの様な質問をされた時には、必ずこう答える事にしている。

「いないですよ。私、恋愛って興味ないんですよね。お母さんのお腹の中に何か忘れて来たみたいで」

「ウソやろ？」

「ウソです」

しまった。何で今日に限ってウソって言ってしまったんだろう。

「彼氏おらんの淋しいやろ?」

「全然。毎日楽しいです」

だって毎日藤本に会えるんだもん。

「そうかあ。俺は彼女欲しいなあ……」

池田はサラダのトマトをパクリとほおばった。

「俺モテへんからな。あいつの〝引き立て役〟言われるし。やっぱブサイクやからなあ……」

「そんな事ないですよ」

言った途端、風花は自己嫌悪に陥った。何が〝そんな事ないですよ〟だ。彼は確かにブサイクである。風花は口先だけでお世辞を言った自分に嫌気がさした。……しかし、世の中、池田よりブサイクな男なんかいくらでもいる。それでも普通に彼女を作ったりしている男はいくらでもいるではないか。それなのになぜ彼はそんなにモテないのだろう? ここは一つ、池田をフォローする事を言わなければ……。

「池田さんって、すごく表情がいいと思います。私、いつもテレビとか雑誌とか、池田さんっていつもいい表情をされてるなと思って見てたんですよ。特にM-1優勝の時の、両手でトロフィーを掲げている写真は本当にいい笑顔ですね。あの写真は取っておきたいくらい良いですよ」

　この言葉にウソ偽りはない。

「ほんまに？」

「本当ですよ」

　すると池田は、とてもうれしそうな笑顔を見せた。

　やっぱり、彼の笑顔は素敵だ。

　恋心を失っても、これは素直にそう思えた。

　続いて風花は聞いてみた。

「池田さんってどんなタイプが好みなんですか？」

「好み？　特にないなあ。いつも、好きになる人を好きになってまうからなあ……」

「あー、そうですよね」

「風花は？」

「私ですか？　私、〝かっこいい〟よりも〝かわいい〟に反応するみたいなんですよ。どうもカッコイイ男にはピンと来ないみたいなんで」

「へえ」

「何か、今まで好きになった人の中に、イケメンはほとんどいないんですよ」

いや、ちょっと前まではほとんどではなく全くであった。それなのに藤本が、風花の価値観を根底から覆してしまった。

「ほんと昔から、かっこいいアイドルとか、ミュージシャンとか、全然興味なくて、好きになるのはお笑いばっかりだったんですよ。

例えば、幼稚園の頃は、〇〇さんで……」

池田がブッと吹いた。

「マジで？」

「マジですよ。私、親に頼んで人形作ってもらったんですから。

それから小学校の時は××さんで、中学の時は△△さんで……」

池田はギャハハハと手をたたいて大笑いした。

「すげえな。マジでブサイクばっかりやんか！」

ちょっと前まではアンタもその中に入っていたのよ。

「あと、これは有名人じゃないんですけど、高校の時、ＭＤＨの子の告白を断って、偏差値三十八のＥ高校の子が好きだったんですよ」

「ＭＤＨってあの、イイ男が多くて暴動が起きて、文化祭が中止になった学校？」

「そうです」

「そこの子に告られたん？　すげえやんか」

「みんなにうらやましがられました」

「でもフッたんやろ？　そのE高校の子のどこが良かったん？」

「その子、やさしい子なんですよ」

「やさしい子？」

「そうなんです。中学の時から好きな子だったんですけど、中二の時、掃除の時間に理科室を掃いていたらガが出てきて……。あ、食事中でしたね、すみません」

「いいよ、続けて」

「そのガは弱っていて、あまり飛べなかったんですよ。どうしようと思っていたら、その子が来て、そのガを丁寧に手の平に乗せて持って行ってくれたんです」

「へえ〜」

「私はその時、〝ゲッ、こいつガを手で触った、汚ねえ〟と思ったんですよ。でもそれから数分後に、今度は教卓の後ろから死んだガが出て来て…そしたらその子がまた来て、今度は私の手からほうきとちりとりを取って、掃いて捨ててくれたんです。

　そこで私は考えたんです。さっきは素手だったのに、何で今度はほうきとちりとりを使ったんだろう？　それで分かったんですけど、きっと最初のガは生きていたから大事に手で持って行ってあげたんですよ。やさしいと思いません？」

「はあ〜。それはええ子やなあ」

池田は感心したようだった。

それにしても、風花がこんなに自分の恋愛観を人に話すのは、初めての事だった。風花は小学生の頃、友達に自分の好きな子を教えたら、放送室で全校児童にバラされてしまった。それ以来、風花は他人に自分の好きな人を教える事が出来なくなっていたのである。中学の友達も、高校の友達も、親も、誰も風花の好きな人どころか、芸能人の好みすら知らない。風花はそのようなものを自分の周囲から厳重に隠し、恋愛や異性には興味がないふりをして生きてきたのだ。池田の事を誰にも言わなかったのだって、単に池田がブサイクだからとか、言ったら馬鹿にされそうだからといった理由だけではない。風花は長年の間、人に恋愛感情を持つのは恥ずかしい事であるという思いに捕らわれてきたのである。

今日はそんな自分からちょっとだけ脱却でき、少し大人になれた気がした。

その食事は楽しい一時であった。

「池田さん、大丈夫ですか？」

　その食事の帰り道、二人はI公園の中を歩いている。

「あかん、風花。ちょっとそこのベンチで休むわ」

　池田は食後にオレンジジュースを注文していたのだが、店の手違いでカクテルの「カンパリオレンジ」が運ばれて来てしまい、酒の飲めない池田は知らずに、一気にあおってしまったのだ。

「あー、気持ち悪い～」

　今思えば、店の人にタクシーを呼んでもらえば良かったのだが、池田が「近いから歩く」と言ったので、二人ともすぐに店を出て来たのだ。

　ベンチに座る池田は本当に苦しそうだ。

「池田さん、やっぱりタクシー呼びますね」

　風花はケータイを出して、タクシー会社を検索し始めた。

　その途端、風花の肩に何やら重いものが、ゴン！　とぶつかった。

「うわっ！」

　見ると池田が寝てしまっている。

　そのままずるずると、あっという間にヒザ枕状態になってしまった。

「あちゃー」

数ヶ月前の風花だったら喜ぶかもしれないが、これは困った状況である。

「池田さん、池田さん、こんな所で寝ちゃダメですよー」

いくらゆさぶっても起きない。

しばらくして池田はくしゃみをした。それでも起きない。

その時、風花はハッと気付いた。

池田がTシャツ一枚なのだ！

池田は店に上着を忘れて来たのである。

どうしよう……今は十一月下旬。こんな所でTシャツ一枚で寝ていたりなんかしたら……しかも彼はアルコールを飲んでいる。いつ起きるか分からない。

風花はコートを着ているが、これを脱いでかけてしまったら、自分が寒い。何時間待つ事になるか分からないし……。

と考えた結果、
風花はコートの前を開け、それを広げて彼の上に覆いかぶさる事にしたのだ。

隙間のあいた所にはマフラーを詰め、彼の腰の上にカバンをのせて枕にした。

「これでよしと」

池田に胸をつけてしまうけど仕方がない。

おそらく彼は気付かないだろう。

時折通行人の目線が気になったが、風花は顔を伏せて気にしない事にした。大丈夫、池田の顔はコートに隠れていて見えない。

冷え切っていた池田の体が、しばらくするとぽかぽかと温まり始めた。

（あったかーい……）

間もなく風花は、そのまま眠ってしまった。


風花は目を覚ました。

ケータイの時計を見ると午前三時である。ベンチの横では外灯がこうこうとあたりを照らしている。誰もいない。

遠くにかすかに人影が見えるが、怪しい人物ではなさそうだ。

池田はまだ眠っている。いびきをかくわけでもなく、静かに眠っている。

その時、風花の脳裏にとんでもないものがよぎった。

〝急性アルコール中毒〟

何！　まさか……酔いつぶれて外で凍死した人の話を聞いた事があるけど……こん

だけ温めてるんだし、大丈夫だよね？　カクテルなんてアルコール少ないし、でも飲めない人が一気に飲んじゃったりしたら……ん、あれ？　池田さん息してる？

風花はおそるおそる池田の鼻腔に耳を近づけてみた。息の音が聞こえるんだか聞こえないんだか、微妙なところである。

手を触ってみると、温かい。

胸元を触ってみると、ちゃんと心臓が動いている。

（ああ、よかった……）

風花は、また覆いかぶさった。

風花はその後二時間ほど、眠らずに池田を抱えたままでいた。

時刻は午前五時。まだ真っ暗である。

今日は風花は休みである。チャップスティックは仕事があるが、今日の衣装は局側が用意するので、風花は行く必要がない。

何時入りなんだろう。そろそろマネージャーさんに電話した方がいいかなあ？……まだ早い？　寝てるかな？　でももし早い時間の仕事だったら……いいよね、業界人だし。

風花はケータイを取った。

「もしもし、風花です。あの、池田さんが公園のベンチで寝ちゃって起きないんですけど、今日何時入りですか？」

「公園のベンチで寝てる？　今どこからかけてるの？」

「I公園です」

「待ってて、すぐ行くわ」

マネージャーの車が着いたのはそれから五分後だった。その時には、風花はもうコートを着て、マフラーを巻いていた。

「よく呼んでくれたわ。今日はPBSで朝六時入りよ。もう起こさなくっちゃ。ほら、池田君起きて起きて」

「ん？　んぁ……」

池田はマネージャーに腕を引っ張られて無理やり起こされた。まだ、まともに目を開けられないようである。

「あの、池田さん昨日、店に上着を忘れてるんで、後で取りに行かれた方が……」

「ああそうなの？　ほら起きて、行くわよ」

聞いているんだかいないんだか、マネージャーは訳の分からない池田を連れて、さっさと車に乗り込んでしまった。

「あの……」

車は走り去った。

ずっと後で知った事だが、池田はこの時、風花がそこにいた事に気付かなかったらしい。

第四章

あの食事の後、風花と池田はメル友になった。
例えば、風花は仕事の後にこんなメールを送る。
「池田さんお疲れ様
です。今日の犬の
ネタの漫才面白か
ったです♪」
するとこんなメールが返ってくる。
「風花お疲れ様。今
日選んでくれたピ
ンクのシャツ好評
やったで。いつも
ええ服選んでくれ

てありがとうな^o^
明日も寒いけど風邪ひかんようにがんばりや」

こんな温かい言葉の交流が、風花の心を明るくしていた。

風花は思った。

(こんな関係もいいなぁ……)

恋愛など関係ない、何でも話せる男友達。

何て素敵なんだろう！

風花の通っていた小学校は、男子と女子の仲が悪かった。ノートですら、男子の上に重ねて提出したがらないのだ。

風花は中学に行っても、その頃の感覚を引きずったままでいた。しかも高校は女子高。

風花には、打ち解けて話せる男友達などいなかったのである。

時が経つうちに池田とは、本当に何でも話せる間柄となった。

仕事の事も。

プライベートの事も。

そして恋愛の事も。

「風花、かわいいからもっとモテるやろ思うのに」

「それが、女の子にはよくそう言われるんですけど、男からは全然ですよ。恋愛の対象に見られる事がまずないですから」

「この前のＭＤＨは？」

「そいつ以外には本当にあと一人か二人ですよ」

「そんだけ告られてたらええやん。俺なんか一度もないで」

「でも実は、誰かに密かに想われてるかもしれないですよ？　私もそういうのは、自分の胸にしまっておく方ですから」

風花には、池田にはどうしても言えない事が、一つだけあった。

それは、自分は藤本が好きだという事である。

しかし風花は、時が経つうちに池田をうっとうしく感じるようになってきた。

というのも、最近、池田の言動がどうもおかしいのだ。

例えばある日、風花が誰もいない廊下を歩いていると、向こうから池田がやって来た。充分に広い廊下で、何の障害物もない。しかし近づくにつれて、何だか池田の動きが妙にこっち側へカーブして来ているのだ。

「うわっ！」

ついにすれ違いざま、池田と半身がぶつかってしまった。

池田は何も言わず、やけに無表情である。

しかし振り返ると、曲がり角を曲がる時にチラリと見えた横顔は、どこかはにかんでいるように見える。

「……」

まるで男子中学生が気になる女子に対してやるような事だが、恋愛経験のない池田なら考えられない事もない。

そう、池田には恋愛経験がないのだ。

風花と同じように。

風花はいらいらして来た。自分は藤本が好きなのに、なぜ池田とばかり仲良くしてしまうのだろう？　今まで藤本は、ただ会えればそれでいいと思っていたが、こうなったら、もっと藤本とも交流を深めた方がいいかもしれない……。

風花が藤本からバーに誘われたのは、そんな時だった。

仕事の後に藤本に連れて行ってもらったバーは、新宿の一等地にあるおしゃれな店構えである。

「うわあ、大人の店って感じ」

風花は成人だが、この様な店には入った事がない。元々酒にはそれほど興味はない。それに風花は見た目が幼く、未だに高校生に間違えられる事もしょっちゅうである。コンビニでビールを買うと身分証明書の提示を求められる。きっとこの様な店に一人で行くと面倒であろう。

しかし今日は藤本が一緒なので問題なさそうだ。

カウンターに座ってグラスを傾ける藤本の姿は最高である。

風花は信じられなかった。日本中の女子高生が、ＯＬが、おばさんが恋するあの藤本直哉を、今、自分が独り占めしている。

「藤本さん、新しい彼女ですか？」

バーテンダーがからかう。

「違いますよ。うちのスタイリストですよ」

藤本は笑う。

「風花、もっと飲んでええよ。俺のおごりやから」

「私、そんなにペース速くないですよ。お酒あまり強くないですから」

「そうかあ」

そして風花は藤本と話し始めたのだが、藤本も、なかなか話しやすい男であった。彼はあれだけ〝イケメン〟ともてはやされているのに、それを鼻にかけている様子はまるでない。でなければあんなに変な顔をするはずがない。彼のお笑いに対する姿勢も真面目で好感が持てた。顔は良くても、彼は根っからのお笑い芸人なのだ。

ふと風花は、マスターの後ろにある、ビンの並べられたキャビネットに自分達の姿が映っているのに気付いた。

「藤本さん、あれ。何か私達似てませんか？」

「ん？」

その質問はあながち可笑しいものではなかった。確かに風花は藤本ほど目は大きくないが、こうやって並んでみると、二人とも肌の色が同じである事が分かる。それに風花も、藤本と同様、鼻が高い。

「お二人とも、お似合いですよ」とマスターが言った。

「マスター、私達、兄妹《きょうだい》に見えますかね？」

「そうですね、見えない事もないと思いますよ」

「何言うてんねん」

藤本は笑って、グラスを傾けた。

藤本の目にはグラスの光が映っている。

「風花へ
大事な話がある。
今日、収録終わっ
たら来てくれんか
？」
池田からのメールである。
（まさか、告白では……？）
待ち合わせ場所に来た池田は、少し緊張ぎみである。
「いきなり呼び出したりしてごめんな。
風花、俺……風花の事、好きやねん」

（！）

やっぱり来たか……。予想はしていたが、この言葉にはやはりドキッとしてしまう。

「俺と、つき合うてくれんか？」

「……ダメです」

風花はすぐ答えた。

「なんでや？」

「……」

風花は答えられない。

「誰か、好きな人でもおるんか？」

「……」

この質問は、人に恋心を明かせない風花にとって、答えづらいものであった。

風花がなおも黙り続けていると、池田が言った。

「俺、風花がいつもメールくれて、俺の事励ましてくれたりして……。俺、風花に愛されとる、思うとったんよ。でも俺は、ただの友達か？　それならそれで仕方ないけど……。なあ、風花。俺には男、感じひんか？」

「……」

風花はちょっと困った。今までの事を考えると、池田は決して男を感じさせない相手ではなかったからである。……しかし、今、自分が惚れているのは藤本だ。

そこで風花は、勇気を出してこう言った。

「私……藤本さんが好きなんです」

ハア～。

池田が大きなため息をついた。

きっと池田は、過去に何度もこの壁に阻まれて来たのだろう。

「あいつはあかん、やめとき」

「何でですか？」

「絶対他に女がおる」

「何でそんな事池田さんに分かるんですか？　池田さん、藤本さんとはプライベートは別々で、連絡先も知らないじゃないですか」

「俺はあいつを幼稚園から知っとるんや。あいつに女がおらんかった時期はない」

「でもそれは昔の話でしょ？　藤本さん、真面目そうだし、そんな事する人に見えないですよ？」

「他に女がおる男と付き合いたいか？」

「いいえ」

「なら教えたるけどな、あいつは大阪におった頃、三人の女とつき合うとったんや」

「！」

「俺は見たんや。あいつ、一週間の間に三人の別々の女と手つないで歩いとった。間違いない。あいつ三股かけとったんや」

「……」

聞きたくない情報を聞いてしまった。

しかし恋は盲目だ。たとえどんなに悪い情報でも、好きでいる間は、自分にとって都合よく解釈したがるものなのだ。三股かけていたって、それは大阪にいた頃の話で、今はもう改心しているかもしれないじゃないか。

「でもそれは大阪にいた頃の話で……」

「あいつはあかん！」

池田はつい大声を出してしまった。

「ごめん、興奮してしもうた……」

いつの間にか立ち上がっていた二人はまた座り直した。

「恋しとるんやもんな。そら、好きでいる間は何を聞いても、簡単には忘れられんやろ。それでもええ。俺は風花を守りたいんや。もしあいつが心の中におるんやったら、心の中のあいつごと俺んとこに来たらええ」

（えっ!?）

この言葉に風花は一瞬、ゆれ動きそうになった。

でも待てよ、自分の好きな相手が他の男の事ばっか考えてるのに、とにかく俺のものになりゃいいなんて、そんな馬鹿な話があるものか？　そこまでしてあたしを奪い取りたいのか？　そんなに藤本に勝ちたいのか？　風花は腹が立ってきた。

「ほっといて下さい！　何で池田さんがあたしの付き合う人を決めるんですか？　あたしは藤本さんが好きなんです。池田さんには男を感じません！」

言ってしまった。

池田はこの言葉にショックを受けたようだ。

「そやな……俺にそんな事を決める権利はない。誰を好きになろうと、誰と付き合おうと、君の自由や。

ただ、これだけは言うておくけど……あいつはほんまに注意した方がええ。せめてあいつと二人きりにならんよう、気を付けて……」

と言って立ち上がると、

「じゃあな」

と言って、去っていってしまった。

池田とはそれ以来、気まずい間柄になってしまった。


ここはテレビ局の地下の駐車場。

藤本は風花を、自慢の外車の前へ連れて来た。

「わあ、大きい車。私、外車に乗るのって初めてですよ」

今日は藤本が風花を横浜中華街へ連れて行ってくれるという。

風花は後ろの席に乗ろうとしたが、そこには家電製品のダンボールが山積みになっていた。

「藤本さん、これは？」

「ああ、この前買うたんやけど、うち帰るひまがなくてな。そのままなんや」

という訳で風花は、助手席に乗る事にした。

すでに日は沈み、まっ暗である。

とはいえ都内の街中では、車内の人の顔もはっきり見える。

売れっ子芸人藤本は、帽子もかぶらず眼鏡もかけず、堂々と外車を走らせていた。

――しかも、助手席に女を乗せて。

「藤本さん、帽子とかかぶらないんですか？」

「風花この前言うてたやん。ニット帽は人の顔の悪い所を強調するって」

「あれは私の趣味の話なんで、全然かぶっていただいてＯＫですよ」

「いや俺、あれから気になるからかぶってへんわ」

車は一時間ほどで横浜中華街に着いた。

「グルメ番組のロケで行ったんやけどな、ええ店があるんや」

その店は入り口にペキンダックがぶら下がっており、中に入ると、店の女主人が、ここのペキンダックはあのテレビにも出ている料理人のチョウさんもお勧めなんだと自慢気に話していた。

……が、

「風花、何でここまで来てラーメンとチャーハンやねん？　ペキンダック頼んだらええのに」

「これにもペキンダック入ってますよお」

「そんなに遠慮せんでええよ」

「遠慮じゃないですよぉ。私はこれが食べたいんだから良いじゃないですか」

藤本はハハハと笑った。彼は風花が何かをするたびに笑うのである。

「ええなぁ、俺、風花のそういうところ好きやで」

えっ、〝好き〟!?

風花は一瞬焦ったが、

(ち、違うよね、今のは恋愛の〝好き〟じゃないよねー……)

しかしもう顔は赤くなってしまっている。

(やばい、こんなとこ見られたら大変だ)

風花はあわててラーメンどんぶりに顔を伏せ、〝熱いー〟、などと言ってフーフー吹いてごまかすのであった。


「ほんまに安い子やなあ」

藤本は呆れ顔である。

風花は食事の後、サイコロマークの付いた店で、一個百円もしない中華菓子をたんまりと買ってもらい、御満悦である。

「私はこれが欲しいんだからいいじゃないですかー」

藤本は苦笑する。

（子供やな）

彼は、そんな風花が可愛くてたまらない。

車はそのまま東京へ帰るはずだったが、途中で藤本は小高い丘をぐいぐいと登り始めた。

「あれ、藤本さん、どこへ行くんですか？」

着いたところは小高い丘の上で、茂みの中に車が二、三台停められるスペースがある。前は広く開いている。

「見てみい、風花。ここ景色ええやろ。穴場やで」

確かにそこは横浜の夜景が一望できるところである。

「わあきれい」

「ちょっとまったりしようや」

藤本はシートベルトを外し、くつろいだ姿勢になった。

「……」

恋愛経験のない風花だって、車内で男女が二人きりでいるのは危ないという話は聞いた事がある。でもここにはそんなあやしい雰囲気はない。

（どうしよう……告白しようかな）

実は風花はメールで告白しようとした事があるのだが、あるチャップスティックと同年代の芸人によると、この世代の人は、告白など大事な事は、メールではなく直接会って伝えるべきだという感覚があるらしいのだ。彼とは仕事が忙しいため、なかなか二人きりになれるチャンスがない。実は今日も横浜へ行く途中の車内で言おうかと思ったのだが、気まずくなるといけないので、とりあえず食事が終わるまでは考えないでおく事にしたのだ。

(どうしよう……今がチャンスかな)

風花が悩んでいると、藤本が声をかけて来た。

「どうした?」

「あの、藤本さん、ちょっと外へ出ませんか?」

「ええよ」

何となく外の方が話しやすそうな気がした。

ところがあまりの寒さと風の冷たさに、二人はわずか数十秒で戻って来た。

「ひぃ〜。横浜寒い〜」

結局、外での告白は断念した。

「何か車、冷えちゃいましたね」

「そやな。もう行こうか」

風花はホッとした。走りながらの方が、まだ話しやすいかもしれない。藤本はエンジンをかけた。

「藤本さん、あの、私、話したい事があるんですけど……」

「何や？」

その瞬間、風花は急に勇気を失った。

「やっぱいいです」

車は丘を下りた。

やっぱダメだ……。私にその勇気はない。そうだ、メールにしよう。やっぱ、ウチらの世代はこれに限る。

風花は助手席でメールを打ち始めた。

「藤本さん。

いつもいろんな所
に連れてって下さ
るけど私の事どう
思ってますか？」

（送信！）

本当はこの先に〝私は藤本さんが好きです〟と入れるつもりだったが、それはもう一段階後にする事にした。

やがて藤本のケータイが鳴ったが、彼はおそらく〝あ、メールや〟と思っただけで、普通に運転を続けていた。

いつ見るんだろう、いつ見るんだろう……明日かな？

ならその方がいいや。

車は東中野の風花のアパートの前に着いた。藤本は風花の荷物を後ろの席から取り、ついでに自分のケータイも取った。

（えっ、ケータイ取ったの？　まだ見ないで）

風花はあわててシートベルトを取り、車を出ようとする。

「ありがとうございました。じゃ、お休みなさい」

（あーよかった。これで帰れる）と、そそくさと出ようとしたが、

「ちょっと待て……。これ、何や？」

（あ……）

風花の顔が赤らんでゆく。

「あ、それは……藤本さん、私の事、どう思ってんのかなって……」

「どうって……風花は俺の事、どう思ってんの？」

するとと、風花はケータイを出して打ち始めた。

「口で言えや！」と藤本は笑った。

しかし、メールを見た途端、藤本は固まった。

「えっ……」

（やっぱ言うんじゃなかった！）

風花は真っ赤になってうつむいた。

しかし、戸惑っていたのは藤本も同じだった。

（何て言えばええんや……）

藤本にとって風花は、恋愛の対象ではなかった。

単に妹のように可愛がっていただけである。

（子供や思うてたのに……）

藤本はごまかそうとした。

「風花、明日も早いで。もう寝や」

「あの、どうなんですか？」

「おやすみな！」

「藤本さん！」

「はよ帰りや」

藤本は助手席のドアを開けようとした。

その途端、藤本はバランスを崩し、風花の上に倒れ込んでしまった。

「うわっ！」

次の瞬間、信じられない事が起こった。

バシッ！

突然、車内が閃光に包まれたのだ。

カシャッ、カシャッ、カシャカシャカシャ…………。

「藤本さん、藤本さん、その女性とはどういう関係ですか？」

カシャ、カシャ、カシャカシャカシャ…………。

「うそお！」

何と二人は、ずっとパパラッチに追われていたのだった。

次の朝から悲劇は始まった。

まず、朝のワイドショーにはもう、昨日の事がデカデカと載せられたスポーツ紙が紹介されている。

「藤本直哉（32）、担当スタイリスト（23）と熱愛発覚」

いつの間に撮ったのか、中華街や丘の上での写真もある。

そして風花は会社に入ろうとした途端、突然、一人の見知らぬ女にほおを張られたのだ。

「あんた、直哉とどういう関係よ！」

風花が、訳が分からないまま一方的に怒鳴られていると、そこへ別の女が割って入った。

「ちょっとあんた、この女につかみかかってるってどういう事？」

そして一人増え、もう一人増え……。

しまいには四人の女が、風花そっちのけで激しいバトルを繰り広げ始めた。

藤本は四人の女と付き合っていたのだった。

まさに〝シュラバ〟というやつだ。

まさか自分が経験する事になろうとは……。

悲劇はそれだけではなかった。

風花は会社の偉い人に呼び出され、藤本との関係を問いただされたのだった。

「誤解です！」

「なぜ助手席に乗っていたんだ？」

「後ろの席には荷物が載っていたから……」

「じゃあ、前の席にどかせばいいじゃないか」

「……」

「君が誤解を招くような事をするから、こういう事になるんだ」

あれ以来、東中野のアパートの前には、常にパパラッチが張っているらしい。

結局風花は、会社を辞めてしまった。

第五章

藤本のスキャンダルに巻き込まれた事で、風花は想像以上のショックを受けていた。
アパートの畳の部屋でうずくまる風花。
風花は大人の世界に、すっかり疲れ果てていた。
もう恋愛なんか嫌だ。
男なんか嫌だ。
仕事なんか嫌だ……。
（実家へ帰ろう）
風花は荷造りを始めた。
……もう仕事の事なんか考えたくない。
いや、もう一生仕事なんかしたくない。
でも周りはそれを許してくれない。
あーあ、専業主婦になりたいなあ。そうすれば仕事しなくても食べていけるのに……などと考えながら荷造りしていた風花は、一冊のノートを見つけた。

それは、昔作った池田のスクラップブックである。写真の中の〝池ちゃん〟は、優しい目で風花をまっすぐ見て、笑っている。

「……」

風花の目に涙があふれた。

忘れていた愛おしさがこみ上げてくる。


風花は、今頃になって気が付いたのだ。

池田は、風花を守ろうとしてくれていたのだ。

風花は、今まで気が付かなかった。

池田が、どんなに自分の心の支えになっていたかを。

どんなに自分を愛してくれていたかを。

こんなに自分を愛してくれる人とは、もう会えないかもしれない。

そもそも、風花がお笑いを始めたのも、N興業に入ったのも、池田と出会うためではなかったか。そのままいけば夢がかなっていたはずではないか。

それなのに藤本に目がくらみ、いとも簡単に池田を捨ててしまったのだ。

ああ!!

何て私は馬鹿なんだろう!

(池田さん、男を感じないなんてウソだよ、こんなに好きなのに……)

あんなことを言ってしまったらもう、池田の元には戻れない。

悔やんでも悔やんでも悔やみきれない。

やっぱりブサイクでも、スターはスターだ。

遠い存在のままでいれば良かったんだ……。

風花はもう一度池田を見つめてからノートを閉じると、丁寧にダンボールの奥へしまい込んだ。

風花が久しぶりに実家へ帰ると、家族は豪華な手料理で迎えてくれた。風花は久しぶりに人の温かみを感じた。

これを機に、風花はケータイの番号もメアドも全部変えた。今までの世界とのつながりを断ちたかったのだ。

風花はおよそ一ヶ月の間、何もせずにぶらぶらと過ごした。

散歩をしたり、公園に行ったり。

小学生のいない時間帯の公園で、ブランコに乗った事もある。久々のブランコは、風を切ってとても気持ちが良かった。

しかし降りると体のあちこちが痛く、おまけに気持ち悪い。

（やっぱり心は子供でも、体はもう大人なんだ……）

もうバイト暮らしには戻りたくない。

でもやりたい事なんかない。

この先どうしたらいいんだろう……。

ある日風花は、江戸川のほとりを河口に向かって歩いて行った。

風花はお金なんか持っていない。あまり遠くまで行くと帰りがきつくなる。それでもどんどん歩いて行った。

そして橋を渡り、さらに歩いて行くと、葛西臨海公園に着いた。

ここは風花の大好きな公園である。ここから眺める夕焼けは最高である。

風花はカップル達にまじって芝生に寝転び、空を見上げていた。

やがて夕方になり、西の空がピンク色に染まり始める。

「きれーい……」

風花はふと、池田の事を思い出した。

この夕日を、彼と一緒に眺められたらいいのに……。

その時、なぜか風花の脳裏にこんな事が浮かんだ。

〝お笑いがやりたい〟

（え……？）

風花は今まで、自分は池田と出会う事が目的でお笑いを始めたのだと思っていた。

しかし、それだけが目的だったのなら、ＮＣＡで和代の言いなりになったままでも良かったではないか。

それではなぜ自分はＮＣＡを辞めたのだろう？

なぜあそこでスカウトマン達を断ったのだろう？

それは自分の笑いを創りたかったからではないか。自分の創った笑いで、客を笑わせたかったからじゃないか。

そうだ、私のやりたい事はお笑いだ！

やってみよう。

もう一度やってみよう。

風花は東京湾に沈む夕日を眺めながら、元気を取り戻していた。

ここは下北沢。公園の中を一人の怪しい女が歩いている。

それは風花である。

風花は、今度はインディーズの芸人になる事にしたのである。

近年、インディーズの芸人達が、手売りでチケットを売ったり、ライブを行なったりして、大手事務所にも負けない活動をしているのだそうだ。

風花には、それらの活動のやり方は全く分からない。でも、とりあえず路上に立てば何とか道が開けるだろう。

と、思ってやって来たのだが……。

(私、ホントにここでネタやるの？　あり得ない)

そもそも声が出ない。

とりあえず風花は、人集めのために歌を歌ってみる事にした。彼女が選んだのは、ニュージーランドのシンガーソングライター、BIC RUNGA《ビック　ランガ》の曲である。

BIC RUNGAはニュージーランドの先住民族マオリ族と中国人のハーフの女性ミュージシャンである。これは風花が高校時代、ニュージーランドにホームステイした時に、ホストファミリーのキャシーが持っていた『ビューティフル・コリジョンズ』というアルバムと同じものを買って帰って来たのである。

これなら日本人は誰も知らないし、綺麗な曲だから客が集まるかもしれない。

というわけで、風花は美声を披露し始めたのだが……。

通行人は最初、さわやかな歌声に引かれてこっちを向くのだが、風花を見ると、けげんな顔で去っていってしまう。

それもそのはず、風花の格好はそのさわやかな歌声に似合わない、とてつもなく怪しいものだったからである。

小学生がかぶる黄色の通学帽にランドセル、髪は二つ結びで線の太い黒ブチ眼鏡、胸にはデカデカと「ふうか」と書かれた名札、それに上履き……。

風花は、常に涙声でしゃべる、怪しい小学三年生というキャラを思いついたのだ。

しばらくして風花は歌うのをやめた。やっぱ、キャラに合わない事はやめよう。

風花は、ついに思い切ってダミ声を出した。

「うえーん、
世の中には、かわいそうな人達が
いっぱいいだー」

人呼んで〝かわいそうな人達〟。

もちろん、本当に可哀想な人達をあわれむのではない。

例えばこんな感じである。

「あのすごい髪型でアゲアゲな歌を歌うお兄さん、売れてるよな。彼は、ヤンキー集団のリーダーとしても活躍してるよね。

でもかわいそうだよな。

だって、〝永遠の十六歳〟って言ってたのに、あのプロレスラー芸人の姉さんと同級生だって言ったから、本当の歳がバレちまって。

あー、かわいそうにー……」

これを涙声で言うのだ。

このネタが面白いかどうかはともかく、風花は路上で毎日これをやり続けた。

誰も立ち止まらなくても、
来る日も、来る日も……。

そして五日目の事であろうか。

ネタをやる風花の前に、一人のスーツ姿の男性が立ち止まった。

「君ねえ、毎日ここでやってるみたいだけど、ここは毎日同じ人が通るんだから、同じネタをやり続けたって誰も見ないよ」

「えっ、そうなんですか？」

「もっとネタのレパートリーを増やさないと」

そのアドバイス通り、風花はネタのレパートリーを増やすために、何日か路上を休んだ。

そしてまた路上に立つと……その男性はやって来た。

「君ねえ、ネタは面白いんだけど、間が良くないね。〝かわいそうだよな〟の間が開きすぎなんだよ」

そして次の日、言われた通り、間を短くすると、

「早いよ」

そして次の日。

「そのネタはもう時期的に古いよ」

さらに別の日……。

そんな事が何度か続いたあと、ついに男性は名刺を出した。

「Aプロダクション
浅利《あさり》　敏夫《としお》」

その男性は公園の裏にある、小さな事務所の副社長だった。

Aプロダクションはアパートの一室にある小さな事務所で、従業員は五人しかいない。俳優や演歌歌手を数人抱えている。

この男性の妻が、この会社の社長である。

この会社は小さな会社で、お笑い芸人は他にいない。しかし社長は大物芸人のマネージャーを務めていた事もあり、お笑いには詳しい。

要するに風花は、この事務所の〝期待の星〟として拾われて来たわけである。

風花は早速、社長の前でネタを披露するように言われた。

すると社長は途中でさえぎり、

「あーダメダメ。〝かわいそうだよな〟の所の間が悪い」

副社長と同じ事を言う。

やっぱり自分ひとりの力じゃダメだ。誰かに客観的に見てもらわないと。

というわけで、早速、練習が始まった。

「じゃ、もう一回やってみて。〝でもかわいそ〟違う違う、もっと早く」

「それじゃ早い」

「そこは一・五秒くらいあけて」

「一・五秒って言ったでしょ。風花ちょっと、十秒数えてみてくれる?」

そこで風花は一から十まで十秒数えてみた。

すると、全員が首をかしげている。

「ちょっと早いよね……」

どうも風花は間の取り方がヘタらしい。

社長がメトロノームを取り出した。

「このテンポよ」

風花は間の取り方を重点的に練習する事になった。

「はい、そこ。もう一回やってみて」

「あ、今の感じいいねえ」

「ダメダメ、さっきの方が良かった」

「そこ練習しときなさいって言ったでしょ！」

「何度言ったら分かるの！」

風花の目に涙があふれそうになる。社長の言う事は分かってるのに、何であたしの脳は言う事をきかないんだろう？　まるで子供の頃の、自転車の練習をしている時みたいだ。大人になって、またこんな事をしなきゃならないなんて。

でも風花は、社長に文句を言う事は出来なかった。忙しい時間を割いて練習に付き合ってくれてるんだから。私に期待してくれてるんだから。風花は涙をのんで、また練習を続けるしかなかった。


「しずかちゃん、ダンサーに憧れた事ない？」

「うちは昔、安室奈美恵ちゃんやスピードに憧れたで」

「僕は子供の頃、光ゲンジに憧れたね」

「ちょっと川ちゃん、あんたまさか、ジャニーズ事務所に履歴書を送ったんやないやろうな？」

「ギクッ！　な、なんで分かったの？」

「アホちゃうか川ちゃん。あんた自分の事分かってへんな。川ちゃんには絶対ムリやで」

「そ、そうだよね。俺には無理だよね……」

「ジャニーズ事務所がどんな所か分かってんの？」

「それは……」

「あんなとこ入ったらウ○コ出来なくなるで」

「今時そんな事言う奴がいるか！」

風花は今、事務所が紹介した下北沢の安アパートに住んでいる。今、畳の部屋の中のテレビで観ているのは「東海キャンディーズ」のネタである。

風花はあれ以来、チャップスティックを見ないようにするために、お笑い番組を観ないようにして来たのだが、これからは勉強のために観なければならない。

社長にそう言われたのだ。

今までお笑いは何も考えずに楽しく観ていたが、今観ると、全く見方が違う。この二人も、どれだけ練習して来たことだろう。

（あーあ、あたしがここにたどり着くまで、あとどれ位かかるんだろう？）

風花は気が遠くなった。

お笑いの道は長く、険しい。

（あの二人みたいなネタ、あたしには思いつかない……）

風花は、深いため息をついた。

そして、そのため息よりももっと深く凹んだ。

こんな時、そばに居て欲しいのは池田である。

風花は一人でいる時、目の前にはいない池田に恋をしていた。

想像の中の池田は、風花の横で優しく語りかける。

〝風花、どないしたん……〟

風花は想像の中で池田に寄り添う。

(池田さん、会いたいよ……)

テレビでは拍手と共に、次のコンビが現れた。久々に見るチャップスティックである。

(池田さん、ちょっと老けたな……)

彼はまた、黄色系を着せられていた。

でも、理由はそれだけじゃないのかもしれない…。

風花は胸が痛んだ。

ふと、風花は気が付いた。

池田にも、こんな時代があったのだろうか?

彼だって、練習して練習して、努力に努力を重ねて、やっと今の地位にたどり着いたに違いない。

自転車だって練習していれば、いつか必ず乗れるようになる。

がんばろう。

今はつらくても、いっしょうけんめいやっていれば、あたしも自転車に乗れるようになる。

彼に恥ずかしくない笑いを見せるんだ。

がんばろう！

第六章

風花が事務所に入ってから半年後。

風花はお笑い番組「エンタの王様」に出演する事になった。

この番組はゴールデンタイムの全国放送で、この番組からブレイクした芸人も多く、事務所も気合いが入る。

風花はテレビ局に行った。今まではスタッフとして出入りしていたが、今日からは無名でもタレントである。

風花のキャッチコピーは〝嘆きの小学三年生〟である。

今日は以前、マネージャーを担当していたジャンバラヤも出演するらしい。彼らは風花より年下だが、今は風花より先輩だ。今度はこっちが敬語を使わなくてはならない。

「姉さん、あたしは千葉の人間は心が広いと思うんだ」

「何、お前は千葉っ子は心が広いと言うのか？」

「うん、例えばさ、うちらは大阪の人も、京都の人も、神戸の人も、みんな同じ関西人だと思ってるじゃん？　でも京都の人は、自分達は大阪人とは違うっていうプライドを持ってるから、うっかり京都の人に〝大阪の方ですか？〟なんて聞くと、露骨に嫌な顔をする人もいるらしいよ」

「へえ〜。それは心がせめえなあ」

「その点、あたしは千葉っ子だから、心が広いよ。間違えられても絶対怒んない。それどころか喜ぶからね」

「なにぃ、お前は間違えられても喜ぶのか？」

「うん。あたし〝東京の方ですか？〟って聞かれたら喜ぶよ」

「おめえ、そりゃ心が広いって言わねえよ！」

これは千葉弁で千葉ネタをまくしたてる女性コンビ「暴走《ぼうそう》ＨＵＮＴ《ハント》」の漫才である。これが終われば、次は風花の番である。

風花は舞台の袖で、彼女達の熱演を観ていた。客席の笑い声が聞こえてくる。

風花はすでに、都内各地の小劇場で舞台を経験して来たが、何度経験しても本番前は緊張するものである。

しかし風花は得な性格で、本番になった途端、すっと緊張が消えてしまうのだ。これは、中学時代の合唱発表会などでも同様であった。

とはいえ、自分がその緊張の渦中にいる間はどうしようもない。

（大丈夫、あたしは本番前の緊張の度合いが高ければ高いほどうまくいくんだ。今日のネタは小劇場でもうまくいったから大丈夫）

とはいえ、足はもうガクガク震えている。

やがて拍手が鳴り、暴走ＨＵＮＴが戻って来た。いよいよ本番である。

すでにステージの幕は下ろされている。

風花はリハーサルで決めた立ち位置に立った。マイクの位置がリハーサル通りに調整されていく。

この独特の空気。幕の向こう側には観客が控えている。しかも今日はテレビカメラもある。

（大丈夫、いつも通りにやればいいんだ）

風花からもう緊張は消えていた。

やがてカウントダウンと共に拍手が鳴り、登場音が鳴り始めた。

ステージの幕が上がってゆく。

よし、行くぞ！

「うえーん、
世の中には、かわいそうな人達が
いっぱいだー」
風花は右手にくくり付けたハンカチで、鼻をヂーンとかんだ。
風花は次のネタに移る前に、必ず鼻をかむのだ。
まずは自己紹介と前フリから。
風花は前フリにも力を入れていた。
「あたいの名前は、風花。
世の中の、かわいそうな人達を見ては嘆いている、小学校三年生だ。
ところで、このエンタの会場は、女のお客さんが多いなあ。
みんなは、変質者に遭った事はあるかい？
中でも露出狂というのがいるね。
もし自分があんなのにあっちまったらと思うと、ゾッとするよな？
でもさ、あれには一つ、いい撃退法があるんだよ。みんなよく聞きな。

もしそいつが、あんたの前でコートを開いたら、
〝ギャハハハハハハ〟
って、笑ってやるといいんだって。
そしたら恥ずかしくなって、
逃げ帰るんだってよ」
客席から「へぇ〜」の声があがる。
「ま、あたいだったらそいつがコートを開いた瞬間、写真撮ってやるけどね。
きっとそいつ、相当人生後悔すると思うよ。
クックックックックックッ……」
ウケた。
よし、ツカミは上々だ。本ネタへ行くぞ。
「おっと、笑うのはあたいのキャラじゃねえ。それではみんな、始めっぞ。
うえーん、
世の中には、かわいそうな人達が
いっぱいだー」
再び拍手。

その日は最後まで、無事に笑いを取る事が出来た。

先日のエンタのネタは好評だったらしく、風花は一ヶ月後に、再びエンタの収録に行く事が出来た。

風花は街を歩く時はあの格好ではないので、テレビに出ても気付かれる事はない。

しかし放送の次の日に劇場へ出ると、客席から「あ、あれだ」「あの子だ」という声が聞こえてきた。これは地方での営業でも同じ事だった。

風花はテレビのすごさを感じた。

さて、風花は二回目のエンタの前フリで、大胆な事をしようとしていた。

なんと、誰も知らないメキシコ映画の話題を入れる事にしたのだ。

しかも、どこの劇場でも試した事のない、本邦初公開である。

でも風花は、どうしてもこれをやってみたかったのだ。

風花は、再びエンタのステージに立った。前回よりも歓声がちょっとだけ大きいような気がする。

「なんか今週〝美味《うま》いんぼ〟とかいうドラマ放送するらしいね。あの海原雄山《うみばらゆうざん》先生、すげえリアルじゃねえ？

ところでこれも料理の話なんだけどさ、みんな〝赤い花ソースの伝説〟っていう映画知ってる？　知らねえか。メキシコの映画なんだけどさ、料理の味で相手に自分の気持ちを伝えるっていう才能を持つ少女の話なんだ。言っとくけどコレ、好きな男を手料理でオトすっていうのとは違うよ。一口食べた途端、〝あ、こいつオレの事好きなんだ〟って分かっちまう料理だぜ。すごくねえ？

ま、相手に〝キライ〟って気持ちを伝える料理だったら、あたいにも作れるけどね。

……得意だよ」

客席にじわじわと少しずつ笑いが広がってゆく。

風花は目の前の客に「食うかい？」と聞き、さらに笑いを取った。

その時、風花の目に一人の人影が飛び込んだ。

(池田さん……？)

客席の後ろの出入り口付近に、池田らしい人影が立っているのが見えるのだ。

(まさか……)

いけない、私はプロだ。ここでひるんではいけない。

風花は、何事もなかったかのように続けた。

「それでは今日も始めっぞ。

うえーん、世の中には、かわいそうな人達がいっぱいだー」

もう一度見ると、もう池田の姿はなかった。

あれは幻だったのかもしれない。


その後、風花は少しずつ売れ始め、数々のネタ番組やバラエティ番組に出演するようになった。

今日は、「ボタンダウンDX《デラックス》」の収録である。

「ボタンダウンDX」とは、大物お笑いコンビ「ボタンダウン」の山本人志《やまもとひとし》、海田雅功《うみだまさとし》が司会を務める番組であり、視聴者からの、街で見かけた芸能人情報を紹介する番組である。採用者には投稿の内容に応じて、ケータイストラップやトースターなどが贈られる。

風花は番組の台本を渡された。表紙には今日の出演者一覧が載っている。おそらく一番の新人であろう風花は、先輩方にあいさつに行かなければならない。

が、風花は台本を見て凍りついた。

〝チャップスティック（藤本直哉、池田千昭）〟

（何、あの二人出演するの？）

どちらに会うのも気まずい。

しかし彼らは先輩芸人である。行かないわけにはいかない。

風花は考えた末、キャラであいさつに行く事にした。

二人の楽屋に怪しい小学生が入ってくる。

「おはようございます。芸人の風花と申します。今日は、精一杯がんばっていきたいと思いますので、よろしくお願いします」

風花は涙声だが、礼儀正しくあいさつをした。

「よろしく、風花。頑張ろうな」

池田が笑顔で応えたのには驚いた。

思わずひきつった笑顔を返してしまったが、その心境は複雑だ。

（池田さん、あたしだって事に気付いてないいんじゃないだろうか……？）

何せこの格好と声である。

一方藤本は、風花をちらりと見ただけで、何も言わなかった。

実は風花は、あの藤本の事件の後、一度だけ池田からメールを受け取った事がある。

「件名：風花へ
大丈夫か？」

しかし、藤本の事で頭がいっぱいだった風花は、とうとうそのメールに返す事はなかったのだ。

この事は今も悔やまれてならない。

番組が始まった。風花は早速、「かわいそうな人達」のネタを一つ、披露させられた。

風花は池田の視線を感じたが、あえて意識しないようにし、まずまずの笑いを取る事が出来た。

風花は一番下っ端なので、席は彼らからだいぶ離れている。

さて、視聴者の投稿コーナーが始まった。風花は下北沢の路上でBIC RUNGAの歌を歌っていたところを暴露された。

「すげえなあその方。だって、これはあたいが路上に立ち始めた、本当に初日の事だぜ？」

風花は他のバラエティ番組でも、キャラを維持する事にしている。

「その時、どんな格好で歌っとったん？」と山本人志が聞いた。
「この格好で……」
「そんなデカイ名札付けとったら覚えるがな！」
海田雅功がツッコむ。
おまけに歌まで披露させられる羽目になった。
風花はさわやかな歌声を披露した。
「うまーい」と歓声があがる。
しかしこの格好である。
スタジオは感嘆と苦笑の入り混じった、おかしな空気となってしまった。
ああ池田の前で恥ずかしい。彼の方は見られたものじゃない。
しかし風花は、この後もっと恥ずかしい事が起こるのを知らなかった。
他の出演者達も、次々にプライベートの言動を暴露されていった。
次は池田に関する投稿である。

「私は、チャップスティックの池田さんを見ました。
一年ほど前の事です。私は残業で帰りが遅くなり、午前三時頃、I公園の中を通って家に向かっていました。

すると、ベンチに一組のカップルがいるのが見えました。

髪の長い、細身の女性が、男性をヒザ枕し、その上に自分の着ているコートを広げて覆いかぶさっているのです。

私は、こんな時間に何をやっているのだろうと思いながら見ていました。

すると、女性が体を起こしたので、男性の顔が見えました。

何と、その男性は、チャップスティックの池田千昭さんだったのです！

池田さんは紫のスニーカーにクラッシュジーンズ、上は長袖のTシャツを着ていました。

女性は池田さんの顔にほおを寄せた後、手を握り、胸をさわったあと、また池田さんの上に覆いかぶさりました。

池田さん、あの女性とはどういう関係ですか？」

スタジオは騒然としている。

「池田、どういう事や？　お前、彼女イナイ歴三十三年というのはウソやったんか？」

「ち、違いますよ！　それ多分俺じゃない……」

「いや、紫のスニーカーにクラッシュジーンズは間違いなくこいつですよ」

藤本がよけいな事を言う。

風花は赤面していた。こんな恥ずかしい事は生まれて初めてである。お願い、誰も私の赤面に気付かないで！　カメラさん、映さないで……!!

「池田君、白状しちゃいなさいよ。本当は彼女いるんでしょ？」

杉山《すぎやま》かおるが言う。

「俺、本当に彼女いないですよ！」

池田は本当に知らないようである。

どうしよう。彼のピンチだ。めちゃくちゃ恥ずかしいけど……このままじゃ騒ぎは収まりそうにない。

風花は、勇気をふりしぼって、涙声で発言した。

「あの、それは……あたいです」

「はあ!?」

スタジオ全員、目が点である。

「何ゆうとんのお前？　細身で、髪の長い女性って……」

「いや、その頃はまだこのキャラじゃなかったから……あたいその日、池田さんと二人で食事に行ったんです。藤本さんも来る予定だったんですけどピンの仕事が押しまして……で、池田さんは飲めないんですけど、店の手違いでカクテルを飲んでしまって、気持ち悪くなったから帰る事にしたんですよ。で、途中、公園のベンチで休んでいたら、あたいがケータイでタクシーを呼んでいる間に、池田さんが寝てしまって……」

ここで池田がハッとした顔をした。思い出したようだ。

風花は涙声を維持したまま続けた。

「ヒザ枕状態になっちゃったんです。その時気付いたんですけど、池田さん、店に上着を忘れていて、Tシャツ一枚だったんですよ。で、このまま放っといたら風邪ひくし、でもあたいが上着を脱いでかけたらあたいが寒いし……。

それで……どうしたらいいか……考えた結果……………」

スタジオ中の視線が集まる中、風花の顔がさらにさらに赤くなってゆく。

「冷えないように、朝までずっと、抱えてました…………………」

風花の赤面最高潮。

スタジオは一瞬の沈黙の後、

「えーーーーーーーーーーーーーっ!!!!!!!!!」

ものすごいどよめきが起こった。

「すごーーーい!!」

「やさしーーーい!!」

「ええ話やないか」

吉本雅美《よしもとまさみ》が涙ぐんでいる。

藤本を見ると、大きな目をさらに大きく丸くして驚いている。池田の方は見られたものじゃない。

が、モニターに池田の姿がアップで映っていた。

池田は目を大きく見開き、顔をまっ赤にして、両手で口を押さえている。その目は心なしかうるんでいるように見える。

「でもこの、顔にほおを寄せたり、手を握ったり、胸をさわったりっていうのは何なん?」

と山本人志が聞いた。

「あ、それは、夜中に急性アルコール中毒で死んだりしたらどうしようと思って、それで息をしてるかとか、温かいかとか、心臓が動いてるかとか確かめたりして……」

これを聞いて数人の男性俳優が笑ったが、全体の空気は変わらない。

「風花ちゃん、池田君の事好きなの？」

杉山かおるが聞いた。

「だってこんな事、愛がなきゃ出来ないよ？」

「いや、これは恋愛なんか超えた無償の愛よ。すばらしいわ」

田畑理恵《たばたりえ》がハンカチで目頭を押えて言った。

いまだ興奮さめやらぬ中、海田雅功が言った。

「池田、どないやの？　風花、こんな事してくれて……」

「はい、俺、次の朝マネージャーに腕を引っ張られて、無理やり起こされたんですよ。俺、Tシャツ一枚やったのに何で風邪ひかんかったんやろって……マネージャー何も言うてくれへんし。風花がずっと温めてくれていたって、今日、初めて知りました」

「これはもう風花に感謝やな」

「はい！」

「（投稿者に）トースター差し上げましょう」

客席から拍手が起こった。

「次のメール！」

風花は、番組終了後、池田から呼び出された。

待ち合わせ場所で待っていると、池田がやって来た。まだ先ほどの余韻が残っているのか、うれしそうである。

風花は池田と目が合い、ほおが少し赤らんだ。

二人は約一年ぶりに向かい合う。

「風花、今日の事やけど……俺、風花があんな事してくれてたの、知らんかった。ほんま……ありがとうな」

「……はい」

「最近ようテレビ出てるね。今日のネタも面白かったよ」

「ありがとうございます」

風花は答えた。池田は今や、お笑いの大先輩なのだ。

池田はおもむろに、カバンから一通の封筒を取り出した。その封筒は何ヶ月も入れられていたものらしく、両端にすじがついて、そった形をしている。

「あれから、連絡が取れんようになって……これ、ずっと前に書いたんやけど、いつか会えた時のために、ずっと持っといたんや」

風花は手紙を受け取り、読み始めた。

「風花へ

君と会えなくなってから
三ヶ月が経ちました。
あれからメールもケータイも
通じなくなってしまった。
でも俺は、
今も風花が好きやから、
俺の今の気持ちをここに
書き残しておこうと思います。

俺がへこんだ時、落ち込んだ時は
いつも君の言葉が
俺の心を明るくしてくれた。
やりきれんようになった時も

君に会えば、
元気を取り戻す事が出来た。
風花は、俺の心のサプリやった。
もし、俺がやせこけてしもうたら
毎日、会うて欲しいな。

この手紙が、君に届くのは
いつになるか分からんけど、
君がこれを読んでいる時点で
俺の気持ちは変わってません。
どうか、俺と付き合うてください。
今度は俺が、
君を幸せにする番です。

いつか、必ず会える事を信じて
池田　千昭」

（これは……）

風花は感動した。

こんな感動的な手紙は見た事がない。

池田は待ってくれていた。

そして、ずっと風花を想ってくれていたのだ。

風花は感謝の気持ちでいっぱいだ。

今すぐにでも池田の胸に飛び込んで行きたい。

でも、でも……風花には、どうしても言わなければならない事があった。

風花は、涙で声をつまらせながら言い始めた。

「池田さん、私も……池田さんが好きです。本当は……最初からずっと、池田さんが好きだったの……最初にお笑いを目指したのも、N興業に入ったのも、みんな池田さんと出会うため……でも私、藤本さんの方に行っちゃって……」

「そうやったんか」

池田は答えた。

「私、池田さんと会えなくなってから、初めて気が付いたんです。池田さんがどんなに私にとって大切な存在だったか、どんなに私を愛してくれていたか……池田さん、私の事、守ろうとしてくれていたのに、私が気付かないから……私がバカだから……だから私、池田さんに好きになってもらう資格なんかない……」

「ええよ！」

池田はすぐさま風花を抱きよせた。

「そんなんええよ……風花。俺、言うたやろ。もし心の中にあいつがおっても、心の中のあいつごと俺んとこ来たらええって。俺が風花を守ったるからって」

そしてもっと強く抱き寄せてこう言った。

「俺は風花の過去も何も、全部受け止めたる」

ああ、池田は何て心が広いのだろう。

どうしてこんなに優しいのだろう？

風花は彼の腕の中で涙が止まらない。

しばらくして二人は、はたと気付いた。

二人とも、こうやって異性と抱き合うのは、生まれて初めてなのだ。

池田は風花が少し落ち着いてきたのを見ると、腕を放し、あらためてこう言った。

「風花さん、俺と付き合うて下さい。お願いします」

もう風花には何の迷いもない。

「はい！」

二人は再び抱き合った。

すると、拍手が聞こえてきた。

パチパチパチパチ……。

「？」

ここはテレビ局のロビー。

先ほどの番組の出演者全員が、二人を囲んで拍手していた。

藤本も拍手している。

「！」

（やってもうたー!!）

池田は大赤面。

二人は一部始終を見られていたのだ。

でも風花はうれしかった。出来れば世界中の人に見てもらいたいくらいだ。

「よかった、よかった、二人とも。またもめぐり逢えてよかったわねえ」

田畑理恵がまたハンカチで目頭を押さえていた。

こうして二人は、再びめぐり逢う事が出来た。

エピローグ

「わあ、かわいい！」

風花がキャハッと笑う。

「ほんま？　それ可愛い言うたの、風花が初めてやで」

池田は嬉しいというよりは呆れ顔である。

「これが藤本や」

「わあ、やっぱこの頃から美少年だねえ」

二人が見ているのは、池田の中学の卒業アルバムである。

ここは池田の家。今日は池田の半年ぶりのオフである。とはいえ、池田のような売れっ子は、一ヶ月くらい家に帰れない事も珍しくない。それで休日はどうしても掃除にあててしまいがちになる。今日は風花は午前中から、池田の家の掃除を手伝いに来たのだ。

東京に来て二年経つのに、未だに引っ越し以来開けていない荷物も多かった。このアルバムも、その中の一つから出て来た物である。

時刻は午前十一時半を回っている。

「そろそろ終わりにしよか。全部片づかんかったけど、きりがないわ」

「そうだね」

池田はエプロンを着けながら言った。

「そろそろ始めようか」

今日のお昼は、池田が作ってくれるのだ。

池田は料理好きで、風花がスタイリストだった頃から、その腕前を披露したがっていた。

風花はカウンター越しにその様子をながめるが、なかなかの腕前である。

風花は言った。

「男の人ってさあ、単純な料理でもやたら威張る人いるよね。うちのお父さんなんか、キャベツの千切りの上にツナ缶をくずしただけで大いばりだよ」

池田がアハハと笑った。

「おるよな、そういうオッサン。でも、俺はそんなんとは違うで。待っとき。最高の料理作ったるから」

「最高の料理？」

「そや。俺は料理で〝好き〟ちゅう気持ち伝えたるで」

「それ見てたの!?」


料理が完成した。白い皿の真ん中にトマト味の細いパスタを山盛りにして、ルッコラの葉を散らした、見た目にもおしゃれなイタリアンである。

「どや？」

風花は一口食べてみた。

彼は関西出身なので味は少々薄めだが、それでも充分おいしい。

「おいしいー」

「〝好き〟ちゅう気持ち伝わった？」

「うーん……？」

風花はちょっと考えてから、また、

「おいしい」と言った。

「そうか、おいしいかァ」

と池田は笑った。

窓の外には満開の桜の木が見える。

「きれいやなあ」

「ねえ……」

時は四月。

風花がＮＣＡに入ってから、二年が経とうとしていた。


青空の下、二人で並んで歩く桜並木。

満開の桜たちが、二人を祝福している。

この二人には、これから数々の困難があるかもしれない。
でも風花は思う。
今は
「ブサイクの君に恋してる」だけど、
いつか、
「ブサイクの君を愛してる」って、

言えるようになりたい。

二人の恋は、まだ始まったばかりだ。

（つづく）

第二部

第一章

ここは、下北沢のアパート。

フローリング、ロフト付1Kの一室で、あの〝嘆きの小学三年生〟でおなじみのピン芸人、風花はテレビをつけたまま、テーブルの上にノートを開いて考え込んでいた。

実は、所属するAプロダクションの社長から、今月末までに風花の新しいキャラを創り出すよう命じられたのだ。

最近は芸人のサイクルが早く、いつまでも同じ事ばっかりやっていると、すぐ飽きられてしまう。特にピン芸人は、どんどん新しいものを考え出さないと生き残れないというのだ。

もうずいぶん前から言われていたのに、期限はあと二週間しかない。とりあえずネタ探しのためにテレビをつけてみたが、ネタになりそうなものも見つからない。

（どうしよう、何も思いつかないよ……）

そこへ、テレビの画面が芸能ニュースに切り替わった。お笑いコンビ〝チャップスティック〟のイケメンの方、藤本直哉の初主演映画『いつか逢えたら』の完成披露試写会である。

（ずるいよな……。これ、あたし達の事がヒントになってんだから）

実はこの映画は、かつて、藤本の相方で風花の恋人の池田千昭が、いつか風花に会えた時のために手紙を持ち歩いていた事を元にしたエピソードが出てくるのだ。

監督が藤本から話を聞いて、そのエピソードを加えたという。もちろん、それを演じるのは藤本である。

公園のベンチで恋人を温めるシーンまである。演じるのは加奈子《かなこ》という女優。

そして藤本は先日、その女優、加奈子との熱愛が発覚したのである。

ネクタイのないスーツ姿の藤本は、照れ笑いをしながら、記者団の質問に答えている。加奈子はその横でニコニコと笑っている。

（加奈子さん、その男信用しちゃダメだよ。どこで何やってっか分かんねーぞー）

風花は心の声まで涙声キャラで言った。

一方、池田はトーク番組「しゃべくりセブン」の収録スタジオにいた。

この番組はチャップスティックの他に「しゅーくりいむ」のアルタ哲平、下田晋也《しもだしんや》、

「ネットチューン」の原口泰造《はらぐちたいぞう》、小倉潤《おぐらじゅん》、堀田健《ほったけん》（通称ホタケン）の七人が進行役を務める番組である。

おそらく藤本は、今日は熱愛報道のことを言われるだろう。

しかし彼が気にしているのは、別の熱愛報道であった。

（あいつ、変な事言わないだろうな……世間はもう忘れてるよな……）

そして池田。おそらく、今日ほど居心地の悪い日はないだろう。

でも出来るだけ普通にふるまう事に決めた。

そして収録スタート。藤本は案の定、熱愛報道をいじられ、一組目のゲスト終了。

そしていよいよ二組目である。

「さて、いよいよ二組目ですけど……池田くん、どうよ？　今の心境は？」

「もうー、何で彼女呼ぶんですかあ」

池田は困惑した様子で答えた。

「それでは入って頂きましょう。次のゲストは、風花でーす！」

パチパチパチ……。

拍手と共に、怪しい小学生がダブルピースで現れた。

「イエーイ、風花だよん♪」

池田はもう普通に拍手をしていた。

「もうすぐ藤本君の主演映画『いつか逢えたら』が公開になるけど、この映画は二人のエピソードが元になってるんだってね」

と下田晋也が聞いた。

「いや、これは監督さんが元々恋愛映画を作りたかったそうで、すでに台本も出来ていたそうなんですけど、藤本さんから話を聞くうちにどんどんあたし達のエピソードが加わっていって、とうとうあたし達の話みたいになっちゃったんですよ」

「もちろん、お笑いを目指す女性の話ではないですけどね」と池田が言った。

「あのボタンダウンＤＸ、その週の瞬間最高視聴率だったらしいで」と小倉潤が言った。

「えっ、そうなんですか？」と風花。

（知らなかったー）

「そもそも二人はどこで知り合ったの？」と下田が聞いた。

「あたし、昔チャップスティックさんのスタイリストやってたんですよ」

「えー」

客席がどよめく。

「本当はマネージャーとして入社したのに、ジャンバラヤに服の事をうるさく言い続けてたら、一ヶ月でスタイリストに回されてね」

と池田が言った。

「ジャンバラヤのマネージャーやってたの？」

と原口泰造。

「そうです」

「へえー」とまた客席がどよめく。

「ジャンバラヤ、今おしゃれだよね」

「昔はひどかったですよ」

「で、風花は池田君の事はその頃から？」と小倉潤が聞いた。

「いや、その頃はただの友達だったんです」

と風花。

「はい……」と池田はうつむいた。

「で、その後、会社を辞めまして……」

「え、何で辞めたの？」と下田。

「いや、いろいろありまして……」

「何、いろいろって何？」とアルタ哲平がしつこく聞いてきた。

どうやら恋愛がらみを疑っているらしい。

風花の他にハラハラしている人物がもう一人いる。

（しかたない……。言うしかない）

風花は思い切って言った。

「実は、その頃藤本さんによく食事につれて行って頂いてまして……車で横浜へ連れて行ってもらったら、帰りに写真誌に撮られたんです」

「えーっ!!」

「これがその写真」とスタッフがフリップを持って来た。

さすが暴露番組。すでにその写真の拡大が用意してあるとは。

（こいつ、マジで言うとは思わなかった……）

藤本は困惑顔である。

「え、でもこれ風花？　何かかわいくない？」

と原口が言った。

「え、あたいがかわいい？　うれしい事言ってくれるねえー」

本当は藤本と並ぶと兄妹と間違えられる（?）風花だが、その格好と声により、すっかり〝ブス芸人〟と思われていた。

「風花、これどういう事なの？」

「いや、これ本当に誤解なんですよ。助手席のドアを開けてくれようとしたところをバランスをくずしてこんな事に」

「本当ー?」

「本当ですよ」

「でも、写真誌ってそういう事多いよね」とホタケンが言った。

「で、風花、それで会社辞めたんだ」

「そうです」

「やっぱいろいろ大変だったでしょ」

「そうですね。カメラマンに張り込まれたりとか……」

藤本の緊張最高潮。

「あー、それは大変だったね」

「で、その後はどうしたの？」

藤本はホッとした。どうやら話題は次に移ったようだ。

「インディーズとして、路上でお笑いを始めたんです。そこを今のうちの事務所に拾われまして」

「風花、僕に会うためにお笑いを始めてくれたんですよ」

池田が照れながら言った。

「！」

ち、違うよ池ちゃん。確かに私はそういう目的でＮＣＡに入ったけど、路上で始めたのは本当に自分がお笑いをやりたいと思ったから始めたわけでー、あー、もうどう説明すればいいの？

赤面した風花の口から出たのはこんな言葉だった。

「もう、何でそれ言うのよ！」

客席はキャーと大興奮であった。

「池ちゃん、あれは違うの。あたしＮＣＡに入った時はそうだったけど、シモキタの路上で始めたのは本当にお笑いをやりたいと思ったからなの！」

「そうなん？」

ここはチャップスティックの楽屋。池田は帰り支度をしながら慌ただしく聞いている。

「いや、俺、それは分かってたけど……」

「あそこで言ったら誤解を招くじゃん」

「そうかぁ？」

「そうだよ！」

人にモノを伝えるのって、案外難しいのかもしれない。

チャップスティックはこの後仕事があるため、風花達は慌ただしく別れなければならなかった。

もっとも、風花にもこの後、予定があった。それは実家に帰る事である。

風花が有名になったため、風花の実家には岡山の親戚達がたくさん押しかけて来ているのだ。

（あーあ、面倒臭い。新キャラも考えなきゃなんないのに……）

風花は、仕方なく電車に乗り込んだ。

風花の実家は、千葉の江戸川からほど近い住宅地にある。

風花が一階の居間のドアを開けると、親戚一同が拍手で出迎えた。

「風花ちゃん、よう頑張っとるねえ。いつもテレビ見とるよ」

おまけにネタを披露させされた。

「衣装、持って来てないからメガネだけだよ」

そして、「うえーん」と泣いてみせると、子供達が写メを撮る。

「友達に自慢するけえ」

やれやれ。

（あたしって芸能人なんだー）

風花は頼まれた大量のサイン色紙を書きながら思った。

「ねえねえ、藤本直哉ってどんな人？」

「けっこう変な男だよ」

「えー、かっこいいのにー」

（あんたら、あたしのあの人には興味ないのかい!?）

すでに食事は始まっていた。実は風花は、この親戚達の会合が嫌いである。

風花の母親は岡山県出身で、他に薬局を営む伯母、建築設計事務所を営む伯父も、みんな歩いて行けるほどの距離のところに住んでいる。風花は四歳からずっと、この街で育った。

一体彼らは、なぜ千葉に移って来たのだろう？

今回もまた、テーブルには同じ食べ物が並んでいる。だし巻き玉子、わらび餅、そして備前うどん……。

「あー、このつるつる、しこしこした麺がええわあ」

何百万回も食べているのにまた同じセリフである。うざい。

（うどんなんかなくたって生きていけるよ）

「こっちのうどんは辛くて、コシがなくてダメねー」

また千葉の悪口大会である。

「風花ちゃん、うどん食べんの？」

「あたし、そのうどん嫌いだから」

「何でー、おいしいのにい」

彼らは、うどんはこの世で一番美味しい食べ物だと信じて疑わない。

風花は小学生の頃、一回だけ岡山へ行った事があるが、毎日毎日、うどんを食べさせられるのには閉口した。一日三食のうち一回は必ずうどんが出て来るのだ。しかも毎日。一日二回以上出る事も珍しくない。しかも、箸で切れないほどの硬い麺で、スープはうす味。関東育ちの風花はなじめず、五日目にはとうとう泣き出してしまったほどである。

それ以来、風花は京うどん、さぬきうどん等の関西のうどんが大嫌いになってしまった。

しかし風花は、このような親戚同士の会合のたびに、必ずうどんを目にしなければならない。

彼らの千葉の悪口は続く。

「千葉はほんと山がないわ。人の住む所じゃない」

じゃあ岡山に帰れ。

「千葉には川がない」

目の前に江戸川があるじゃないか。

「あんなの川じゃない。泳げない」

「東京のとなりなのに不便だわー」

そういってハハハと笑う彼らのうれしそうな事。

風花はこんな環境で育った。風花はこの街が好きである。江戸川も、海の見える公園も、この街の青空も大好きだ。しかし子供は外の世界を知らないのだ。大人が言えば、そういうものだと思い込んでしまうのだ。風花はおばさん達の千葉の悪口が嫌いだったが、それでもここは田舎で、不便で、恥ずかしい土地なんだと思い込んで生きてきた。

でも大きくなり、いろいろな人達とかかわるようになってから、風花はやがて自分の考えが間違っている事に気付くようになった。おばさん達の言っていた事は、日本の、ほんの一部の地域の人達から見た狭い見方だったのである。

そんなひどい所じゃないじゃないか。

千葉だって、いい所はいっぱいある。

もっと自分の土地を好きでいても良かったのだ。

その事に気付いた時、風花は腹が立った。あいつらだけじゃなく、自分にも。もっと主張すれば良かったのだ。千葉にもこんないい所があるよって。私はそんな風に自分の土地を馬鹿にされるのは嫌だって。私はここが好きだよって。

しかし、この岡山勢大集結には、風花はとても一人ではたち打ち出来なかった。

風花は笑い声が続く中、だまって二階に引き上げた。

（ふー）

風花は久しぶりに自分のベッドに寝ころがりながら、いらいらと、いろいろな事を思い巡らしていた。

千葉を馬鹿にする人は多い。しかも、地方出身者ほど多い。彼らはやたら東京に畏敬の念を抱いていて、千葉も、東京と同じくらいの大都会だと思ってやって来るのだ。

しかし、来てみるとそれほどではない事が分かる。特に、地方都市などその地域一帯の中心都市となっている所から来た場合は、むしろそっちの方が都会である事もある。

そうなるとあいつらはもう天狗だ。千葉の森羅万象、あげくの果てには千葉県人の人間性までをも大いに罵倒しまくるのだ。

彼らが必ず言う言葉は、

「東京のとなりなのに」

「東京のとなりなのに」

「人の住む所じゃない」とまで言う奴もいる。

そんな奴に限って、東京へ行くとなると大興奮し、「田舎者に見られないようにおしゃれしなくちゃ」と言って、東京の人が誰も着ていないような格好で出かけて行く。

風花には東京と千葉の違いは分からない。

風花は高校時代、電車で都内の私立高校へ通学していたが、東京の子達と自分との違いなんて分からないし、引け目も感じなかった。

東京と千葉の違いなんて、人口密度くらいなものだ。

だいいち、なぜそんなに東京を引き合いに出したがるのか。

こんな事もあった。

風花がコンビニでバイトしていた頃、ある日、店に作業服姿の中年の男が入って来た。

その男は店に入るなり、和菓子コーナーへ直行し、しばらく物色した後、レジにいる風花に「わらび餅はないんか?」と、関西弁で話しかけて来た。

わらび餅は関西では屋台でも売られているらしいが、関東では、どこにでもあるという訳ではない。

「置いてないですね」と風花が答えると、そのオヤジは店じゅうに響きわたるほどの大声で、

「はー、千葉のコンビニは、わらび餅も置いてないんか。やっぱり千葉は、文化がないな!」

と言い放ち、レジの前で大満足な笑みをたたえている。

「……」

何だこのオヤジ、あたしにそんな事を主張して何になると言うのか。しかし客なのでキレる訳にもいかず、風花は引きつりながら、

「お、お客様、関西の方ですか?」

と聞くと、

「大阪です」と自慢気に言い、

「はー、千葉にはろくな物《もん》ないいな。落花生くらいか?」と言いながら、何の悪びれもなく店を出て行った。

「……」

全く、よくここまで土地の人間に向かって真っ向から悪口が言えるものだとあきれ返った。

ちなみに、千葉へ引っ越してきて、一番千葉を褒めるのは東京出身者である。

「千葉はいい所ですよ。東京は人の住む所じゃない」

あれれれ……!?

要するに、どれもこれも〝田舎者に見られたくない〟というコンプレックスから生じているものなのだ。

ところが、こんな事をいらいらと思い巡らしていた風花は、突然ひらめいた。
(これだ！　あたしの新キャラ)
風花は押し入れを開け、奥から自分の高校時代の制服を引っ張り出した。
紺のブレザーに、グレーのチェックのミニスカート。
今でも充分いける。
(よし、これで行こう)

第二章

ここは人気番組「爆走レッドカーペット」のスタジオである。この番組からブレイクした芸人も多く、いわば流行発信基地のようなものだ。

この番組が他のお笑い番組と違うところは、ネタを三分ではなく、一分で披露するところである。

この日はすでに関西の中学生コンビ「みっくすじゅーす」と、ババくさい格好でおばさんトークを繰り広げるピン芸人「ライクア婆人《ばあじん》」の熱演が終わり、いよいよ風花の番がやって来た。

「さて、次はこの番組初登場の風花ですが」

と司会の今井耕司《いまいこうじ》が言った。

「風花って、あの小学生の格好で〝うえーん〟って泣く子でしょ?」と高橋和実《たかはしかずみ》が言った。

「いや、あのキャラは封印して、今日は新キャラ初公開だそうですよ」

客席がウォーと盛り上がる。

「それは楽しみですねえ」

「それでは風花の登場です。どうぞ!」

その途端、客席から「えぇーっ?」の声が上がった。

新キャラ・風花はあの独特の怪しさが全くなく、高校の制服姿に髪は二つ結び、メガネはなく、手にはサブバッグとケータイ、かわいらしい女子高生に変身していたのである。

彼女はケータイで友達と話している。

「かよちゃん、あたし。風花じゃ。昨日こっちに着いたけえ、今日から新学期で学校行って来たとこじゃ」

かわいい声に岡山弁。

客席から思わず「かわいいー」の声が上がる。

「こっち? 最悪じゃ。だってな、東京のとなりの横浜じゃけえ、どんなえらい大都会じゃろう思うとったのに、来てみりゃまー、田畑はあるわ牛はおるわ、不便じゃが。うちが住んどった岡山県〇〇郡〇〇町は小さな町じゃったけど、商店街はあったしよっぽど便利じゃった。うちらの方が都会人じゃ」

そう、風花が演じているのは、関東に転校して来て、自分の方が都会人だと勘違いしている女子高生である。

「ないない、全然ない。こっち遊ぶとこないんよー。泳げる川はないし、こっちの子、山で木登りせんけえ」

　客席から笑い声があがる。

「こっちの人、ダサい格好しよるんよ。東京の人はええ服着よるけえ、田舎モン見られたら恥ずかしい思うて、東京ではやっとるワンピース、岡山にゃ売っとらんけえ作ったんよ。見たじゃろ？　でもこっちの人、誰も着とらん。みんなこっち見てクスクス笑いよんの。

　横浜メイド服着とる人おらんのよー！」

　また笑い声があがる。

「こっちのコンビニなんもないわ。だってな、わらび餅も置いてないんよ。でも学校の近くの店で見つけたけえ、帰りに電車の中で食べよったら、みんなジロジロこっち見よんの。

　横浜の人わらび餅も知らんのよー！」

　これも笑い声が上がる。

風花は一分間、無事に笑いを取り続ける事が出来た。

「風花ちゃん、こんなにかわいい声やったんか」

終了後、今井耕司がインタビューした。

「涙声は封印しました」

「方言がうまいけど岡山県出身なの？」

「いいえ、千葉県出身です」

「えーっ!?」と声が上がる。

「何でそんなにうまいの？」

「母が、岡山県出身なんで……」

「そうなんや。でもこれ、後でお母さんに怒られちゃうね？」

「そうですね」

風花は苦笑した。


その後、岡山弁女子高生風花は、女子高生の間で評判となり、やがて〝メール来とるよー〟という着ボイスまで登場した。

でも風花の親戚達はきっと怒っているだろう。

別にいい。風花もあいつらが嫌いだ。

ところが、岡山の親戚のおばさんから、風花に電話が来たのだ。

「風花ちゃん、あの岡山の女子高生いいわねえ。岡山じゃ盛り上がって、みんなで風花ちゃんの真似しよるんよ」

「えーっ!?」

明らかに馬鹿にしてるのに、何で!?

驚くのはそれだけではなかった。


何と風花は、岡山県の観光親善大使に選ばれたのだ。

（岡山なんか大《でぇ》っ嫌えだあー!!）

風花は岡山行きの飛行機の中、涙声キャラに戻って、心の中で絶叫した。

（なんでこんな事しなくちゃなんねえだー!!）

あんなおばさん達の住む所なんか誉めたくない。

今日は岡山県観光親善大使の就任式である。カメラの前で、岡山の良さをアピールしなければならない。

（ウソなんかつきたくない）

でも私は社会人だ。これは仕事だ。

いやな仕事もやらなくちゃならない……。

（こうしてヒトは汚い大人になっていくんだろうか……）

とりあえずウソは言わない事にしよう。何とかごまかそう。

桃を誉めときゃ大丈夫だ。

桃が美味いのは風花も認める。

　さて就任式。風花は会場で岡山県知事から委任状を受け取ると、早速カメラの前でPRを開始した。

「風花の今着とる制服は、岡山で作られたものじゃ。岡山は日本一の学生服の生産地じゃけえ、岡山は国産ジーンズの生産量も日本一なんよ」

　オォ～と会場から声が上がる。

「よく勉強されてますね」知事も感心している。

「岡山のええ所は、何といっても桃が美味いところじゃな。風花は小学生の頃、初めて岡山の桃を食べたんじゃが、風花はそれまで桃が嫌いでなあ。でも岡山の桃を食べてから、食べられるようになったんよ。あの味は忘れられんね。岡山の桃は日本一じゃけえ」

　その途端、会場にものすごいどよめきが起こった。拍手や口笛までもが聞こえてくる。

（な、なんじゃこりゃー??）

　見よ、この熱烈な地元意識。風花には理解出来ない。千葉で落花生の事を誉めて、こんなに盛り上がる事があるだろうか？

風花としては、ここまでＰＲを終わりにしたかったのだが、風花の前にどんぶりが運ばれて来た。

（ま、まさか……）

「岡山自慢の、備前うどんです。どうぞ食べてみてください」

（全く……どうしてこの人らは、うどんからは、ヒトにこんなにうどんを食わせたがるんだっ！）

そう、岡山へ来たら、うどんからは逃れられない。実は、中国地方の人達が、よそから来た人間に一番食べさせたがるものはうどんである。桃よりも、お好み焼きよりも、フグよりも、真っ先にうどんなのである。中国地方の人達のうどんへのポリシーは、それ位尋常ではないものなのだ。

（関東で、岡山といえばうどん、なんていう奴いないよな……あんたらが考えるほど、すばらしい物じゃねーよ……）

これは仕事だ。私は小麦アレルギーでも何でもない。食べなければならない。

あー、あの地獄の五日間がよみがえる。黄金伝説の挑戦者達の気持ちが分かるー……。

ツルツルツル……。

美味いなんてお世辞でも言えない。とりあえずあのおばさん達みたいに「しこしこ」という言葉を使っときゃあ誉め言葉になるだろう。

ちなみに風花はいまだに「しこしこ」の意味が分からない。そもそも、麺類に対してそこまで熱烈にコシを求める理由が分からない。

「いかがですか？」

「うん、関東のうどんと違うて、コシの強いしこしこした麺じゃな。塩分も控えめでヘルシーじゃし、カロリーも少なめじゃけ、女の人はダイエットにええかもしれんね」

「ほう、備前うどんでダイエットですか。これは初めて聞きましたね」

知事は驚いている。

そんな事、風花だって初めて聞いた。本当に備前うどんがダイエットに向いているのかどうか、風花は知らない。しかしラーメンのスープよりは明らかにサラサラした汁だし、カロリーの高そうな具も入ってないから言ってみただけである。

とにかく、風花のお務めは無事終了した。

ちなみに、風花はこのような仕事の悩みは、池田には相談しなかった。

二人の間には、一つのルールがある。

それは、「プライベートでは、仕事の話はしない事」

これは風花から言い出した事である。

ご存知の通り、風花は仕事というものにかなりのストレスを感じるたちである。池田はプライベート的な視点で見れば、単なる九歳年上の恋人である。しかしお笑い芸人として見れば、彼は十年以上のキャリアを持つ大先輩である。こんな大先輩から、プライベートまでダメ出しをくらうなんて、まっぴらご免だ。二人でいる時くらい、仕事なんか忘れて、普通の彼氏と彼女でいたい……しかし、忙しくなるにつれ、話したい事が仕事の事しかなくなってきた。いや実は、仕事の事で、話したい事がたくさんある。でも風花は、自分でつくってしまったその殻を、打ち破る事は出来なかった。「これからは仕事の話をしてもいい？」なんて言えば、池田は受け入れてくれそうな気もする。でもその殻を破ってしまったら、なんだか恋人ではなくなってしまう気がして恐かった。

でも正直、スタイリスト時代のように、何でもメールで話せた頃が懐かしかった。あの頃はまだ、彼とは同じ土俵に立っていなかったから……。最近、彼とはなかなか会えず、仕事以外では話題がなく、彼に送るメールも単純な内容のものばかりになっていた。そして風花はいつしか、池田以外の、仕事の悩みを話す相手を欲するようになっていったのである。

さて、あの就任式には、チャップスティックと同じN興業で、岡山県出身のお笑いコンビ「ファンタジスタ」の浅田慎之介《あさだしんのすけ》、吉岡《よしおか》みちるの二人も来ていた。風花は彼らと同じ飛行機で東京に戻り、その後、吉岡と飲みに行った。

浅田はすでに子持ちなので、今日は娘をお風呂に入れる当番のために帰って行った。

二人が行ったバーは六本木にある。風花は自分から酒を飲む店に出入りする事はなく、池田は飲めないので、男性とバーに行くのは藤本以来である。

吉岡はN興業では藤本と一、二を争うイケメンである。もっとも、ご存知の通り、風花にはどうでもいい事なのだが。

「風花、岡山弁うまいね」

「母が、岡山県出身ですから」

「そうだったんだ。でも他の出身の人に、あんなに地元を愛してもらえるのはうれしいね。良いＰＲしてくれてありがとね」

「……」

全然うれしくない。あの姿は偽りだ。

風花は別の自分を演じつづける事にジレンマを感じ始めていた。

うつむいて黙り込んでしまった風花に、吉岡が尋ねた。

「どうしたの?」

「あたし……。岡山嫌いなんです」

「えっ?」

風花よ、岡山県出身者に向かって何て事を言うのだ。

風花もなぜこの言葉が出たのか分からない。

「どうして?」

「子供の頃から、親や岡山の親戚に地元の悪口ばっかり言われ続けてきたから……嫌いなんです」

「あー……。そうだったんだ」

吉岡はそう言って一口飲み、

「どうりであんなネタ作るわけだ」

さすが芸人。すべてお見通しであった。

しかし……彼は怒らないのだろうか?

不思議に思って尋ねてみると……、

「あ、僕ね、東京生まれなの」

「へ？」

「いや、小学生の頃に引っ越したから、プロフィールには岡山県出身って書いてるんだけどね。やっぱり関東の人間から見てカルチャーショックはあるよね。だから風花が岡山で何を感じたかだいたい想像出来るのよ」

こ、これは話の分かる人の登場か？

「岡山ってラーメン屋ないですよね」

「ないね」

「ラーメン屋がないのってきついですよねー」

「きつい！」

「岡山ってうどん屋ばっかりですよね。関東で言えば、自宅周辺のラーメン屋が全部うどん屋になるようなものですから」

「そ、そうなんだよね」

「ありえないですよねー。だって人が三、四人集まったらすぐ〝じゃあ、うどん屋行こうか〟ってなるんですから、うどんを食わない日がないんですよー！」

「そ、そうそう。あれは僕も最初きつかったー！」

やったー！

話の分かる相手に会えたー！

風花は酒の勢いも手伝い、調子に乗って、ガンガンと岡山の悪口を言いまくった。

しかし、ゲラゲラと大笑いしていた風花は、はたと気付いた。

（これじゃ、あたしもあいつらと同じだ……）

そう、風花が岡山を嫌いになったのは、あいつらが千葉の悪口を言い続けて来たからだ。でも風花だって、岡山に文句がある。でも、それをあいつらに言えば、あいつらはもっともっと悪く言い返してくるに違いない。そしてそんな中、風花は今日も明日も、また別の自分を演じなければならない……。

急に静かになった風花を見て、吉岡が聞いた。

「どうしたの？」

「吉岡さん、これじゃあたしもあいつらと同じですね。あいつらの悪口が嫌だったのに、私もあっちの悪口を言ってる。悪く言われたら、向こうだって悪く言い返してくるでしょ？　悪循環ですよ。

でもあたしもう、岡山を良く言うの嫌なんですよ。自分を偽るのが嫌……」

吉岡はそれを聞き、じっと考えこんでいたが、やがて、

「ねえ風花、今、あっちの事を悪く言えば、向こうも悪く言い返してくるって言ったよね？」

「はい」

「じゃあ、あっちの事を良く言えば、むこうもこっちの事を良く言ってくれるんじゃない？」

「！」

風花はハッとした。

「だから、それでいいんだよ。そんなに深く考える事はない。大丈夫、観光親善大使なんて、選ばれた時点で仕事終わりって事も多いからさ」

吉岡はカランとグラスの氷をゆらした。

吉岡の言葉で、風花の心がすーっと軽くなった。

それ以来、風花は池田には相談出来ない仕事の悩みを、吉岡に打ち明けるようになっていった。

第四章

その日は突然やって来た。

ある日、風花は女芸人数人と焼き肉屋へ行った。座敷の席に陣取ると、みんなはバイキングのように、自分で肉などを取りに行く。

「風花、バッグ見張っといて」

風花は一番後輩なので、全員の荷物の見張り番をさせられた。

風花が待っていると、テーブル席の方から聞き覚えのある声が聞こえてきた。

吉岡の声である。

彼は先輩芸人に悩みを打ち明けているらしい。

「俺……、彼女の事、好きなんです」

「何や、好きやったら告白して付き合えばええやんか」

彼らは風花には気付いていないようである。

しばしの沈黙の後、吉岡がこう言った。

「でも、彼女には、池田がいますから……」

「!!」

えっ、それあたしの事!?

「何や、池田と風花、まだ続いとんのか?」

「だと思います」

「続いとってもええやないか。男やったら奪い取るくらいの気で、ガンガン攻めていかな……」

……とんでもない事を聞いてしまった。

風花は顔面蒼白である。

女芸人達が戻って来た。

「どうしたの風花?　顔が真っ青だよ」

「あの、私、具合が悪くなったので、帰らせてください」

風花は急いで店を出た。

風花の心は、相当なショックを受けていた。

その足で向かったのは池田の所である。

彼は今頃、後輩達におごっているはずだ。

風花は店に入ると、つかつかと池田のもとへ行き、

「池ちゃん!!」

店じゅうに響きわたるほどの声で言った。

みんなびっくりしてこっちを見ている。

「風花?……どうした?」

「池ちゃん、来て。……話したい事があるの」

「でも俺、今、こいつらと……」

「全員後輩なんだからいいでしょ!」

すると池田は後輩達に「お前ら、ちょっと待っててな」と言って、こっちにやって来た。

風花は池田の手を引き、どこまでも、どこまでも走って行った。

「風花、どこ行くねん?」

ついた先は公園であった。あの時のI公園である。

風花はあのベンチの横の外灯の下へ来ると、池田に抱きついた。

「池ちゃん……」

池田はそんな風花を抱き寄せた。

「ごめんな、風花。ここんとこずっと会えんかったから……。淋しかったやろ？　何でも俺に言うてみい。ん？」

やさしく話しかける池田。

しかし、どんなに優しい言葉をかけられても、彼の腕の中にかじりついても、風花の心のショックは癒せそうになかった。

「池ちゃん、吉岡さんが、吉岡さんが……あたしの事、好きだって……」

彼女の肩をなでていた池田の手が止まった。

「何や、告られたんか？」

「ううん、偶然、焼肉屋でしゃべってるところを聞いちゃったの」

まだショックを隠せない風花。

「池ちゃん、どうしよう」

「どうしようって……。風花は、どないするつもりやの？」

「どうもしない。ただ……驚いてるだけ……」

しかし池田は、彼女がゆれている事を見抜いていた。

「吉岡って、ファンタジスタの吉岡か？」

「うん」

「何であいつが風花を？……風花、何かあいつと親しかったか？」

「この前、親善大使で岡山へ行ったあと、六本木で飲んで、その後、何度かちょくちょく……」

「ちょくちょくって、何を？」

「メールしたり、しゃべったり……」

「俺、そんなん聞いてないぞ」

池田の声に少しずつ憤りが現れてくる。

「何で俺に黙ってそんな事すんねん」

「別に黙ってたわけじゃないの。言わなかっただけ」

「やましい事ないんやったら普通に言えばええやないか」

「やましい事なんかしてないよ！」

「あいつと何をしゃべっとったん？」

「……」

風花は言えない。

「あいつと何をしゃべったんや。言うてみい」

「……仕事の悩み」

「仕事の悩み？」

「仕事の悩みを、聞いてもらってたの…。池ちゃんには、言えないから……」

「……」

ついに池田はキレた。

「何でオレに言わんのや!!」

池田の目は怒りに満ちている。

風花は恐かった。彼のこんな姿を見るのは初めてだ。

「そんな悩みがあるんやったら、何でオレに言わんのや」

「だって、池ちゃん、約束したでしょ？　プライベートでは仕事の話はしないって」

「それでも、そんだけ悩んどるんやったら、言えばええやないか。それを俺を差し置いて、何で他の男に相談すんねん。だったら俺は何のための男や？　何のための彼氏や？」

「池ちゃん、あたしそういう目的で会ってたんじゃないの。恋人がいたら他の男としゃべっちゃいけないの？」

「でもゆれとるやないか。もしほんまに俺の事が好きやったら、そんなにゆれへんやろ？」

「池ちゃん、言われた事ないから分かんないでしょ。告られるのってすごく動揺するんだよ」

「俺が初めて告った時はすぐ振ったやないか」

「それは……」

二人の間にしばし沈黙が流れた。

ついに池田は言った。

「別れよう」

「！」

「今の俺達は心が通い合わん」

そう言って、池田は去って行ってしまった。


（待って!!）

風花は追いかけたかったけど、出来なかった。


（信じられない……）

風花はフローリングの床に座り込み、茫然としていた。

涙がほおを伝わっていく。

生まれて初めての失恋。

（ああ、何で池ちゃんの所なんか行ったんだろう。行かなければ、今頃はまだ恋人でいられたのに……）

風花は吉岡にメールを打とうとケータイを持った。

その時、ハッと気付いた。

（あたし、二人の人を好きになっている……）

風花はショックだった。


池田もショックを受けていた。

人は、なぜ心変わりするのだろう?

池田は昔から、もし自分が恋愛をしたら、裏切りなんか絶対にしない、同じ人をずっと好きでいつづけるんだ、相手に悲しい思いはさせないぞ、と心に決めていた。

でもまさか、自分が裏切られる立場になってしまうとは思わなかった……。

彼の心は、怒りと悲しみでいっぱいだった。

この時、彼は知らなかった。

間もなく自分も、同じ事態に直面するという事に……。


それから一週間ばかりが過ぎたある日の事。

風花は下北沢のアパートにいた。

彼女は何気なくテレビをつけ、新聞のテレビ欄を広げた。

今日は風花も出演した事のある「しゃべくりセブン」がある日だが、当然風花は見るはずがない。

ところが、そのテレビ欄の文字に風花が固まった。

「10：00しゃべくりセブン
今夜新カップル誕生・

美人モデル香織《かおり》が
池田に愛の告白」

(何これ！)

風花はあわててチャンネルを変えた。

香織とは、十代、二十代の女性に絶大な人気を誇るファッション雑誌「ＪＫ」の専属モデルであり、もちろん美人である。彼女が池田に告白とは、どういう事だ。

チャンネルを変えると、スタジオは大騒ぎであった。

「私、池田さんが好きなんです。格好いいし、やさしいし、男らしい感じが好き……」

「うそおー!!」と騒ぐ出演者達。

池田は大テレでニヤニヤしている。

(何よ！　あたしと別れてすぐに、あんなにニヤニヤしちゃって)

風花は腹が立った。

「でも池田さんには、風花さんがいらっしゃるんですよね……」

ここで藤本がよけいな事を言ったのだ。

「大丈夫ですよ。こいつ、この前破局しましたから」

「えーっ！！！」

スタジオ騒然。池田が急に慌てた表情になる。

「マジで!?　マジで!?」原口泰造が興奮している。

「池田、それほんとなの？」アルタ哲平が聞く。

「あ、いや、その……」と池田は戸惑っていたが、やがて、

「はい。……破局しました」

ついに認めてしまった。

えーっ!!

スタジオまたも騒然。

下田晋也が言った。

「恋の傷は恋でいやせばいいって言うじゃんか。ここは一つ、香織さんとデートしてみてはどうよ?」

バチッ。

風花はテレビを切った。


彼は、とうとう認めてしまった。

まだどこかに、認めたくない自分がいたのに……。

認めたくないのは、池田も同じだった。

彼は番組で、香織とのデートの約束を取りつける事になった。

本当はまだ認めたくないのに、周りにどんどん流されてゆく。

〝池ちゃん、言われた事ないから分かんないでしょ。告られるのって、すごく動揺するんだよ〟

彼には、風花の気持ちがやっと分かったのだ。

〝ほんまに俺の事が好きやったらそんなにゆれへんやろ〟

自分の言った言葉が自分に振りかかる。

本当だ。本当に好きだったらゆれないはずなのに、今俺は、こんなにゆれ動いている。一番大切だったはずのあいつから、いつの間にか、少しずつ心が離れていたのだ。

もちろん、〝仕事の話をしない〟と言い出したのは彼女の方である。

でも自分の方も、忙しさにかまけて、いつの間にかあいつの事を構ってやれなくなっていたのかもしれない。

戻れるものなら戻りたい。

やり直せるものならやり直したい。

でもあいつには、俺よりも吉岡の方がいいのかもしれない…。

それから数日後、風花は丸の内を歩いていた。

見ると、赤信号の一番先頭に、ＲＶ車が止まっている。

それは数ヶ月前、池田が「ＰＢＳフレンドパーク」で当てたのと同じ型のＲＶ車であった。

（あ、あの車は……）

池田は風花にこう言っていた。

「時間が出来たら、風花を助手席に乗せて、ドライブに連れて行ったるからな」

とうとうそれが果たされる事はなかった……。

と思いながら目を上に上げると、
何と、乗っているのは池田ではないか！

しかも、助手席には香織の姿が……。

二人ともつばのある帽子を目深にかぶっているが、間違いない。

「そんな、何で私より先に彼女を乗せるのよ！　私が初彼女なのに……」

二人は風花には気付かず、車は信号が変わると、ブーンと音を立てて走り去って行った。

「私には、あんな事してくれた事ないじゃない！」

風花は人目もはばからず、座り込み、声をあげて泣いた。

口惜しくて口惜しくてたまらなかった。
彼と別れてから、こんなにすぐに、別の女に持っていかれるとは思わなかった。
風花が吉岡から告白されたのは、それから程なくしての事だった。
「しゃべくりセブン」で、二人の破局を知ったのだ。
失恋の傷をいやしたい風花は、淋しさのあまり、ついOKしてしまったのだった。

第五章

芸人はつらい仕事だ。

プライベートで何があっても、目の前にいるお客さんを笑わせ続けなければならない。

失恋したって、その悲しみをお客さんに見せちゃいけない。

お客さんには関係ないんだから。

お金を払って見に来てくれているんだから。

風花はちょっと前まで〝嘆きの小学三年生〟だったけど、今こそ本当に自分の事を〝あー、かわいそうにー〟って嘆きたいところだ。

でも悲しみに浸っているひまはない。

今日も明日も、仕事が待っている。

とはいえ、仕事モードに入り込んでいる時の方が、逆に彼のことを忘れられていて、いいのかもしれない。

さて、風花は「爆走レッドカーペット」で、千葉ネタ漫才をするコンビ「暴走HUNT」とコラボを組む事になった。

千葉と岡山の、それぞれの地元ネタをやる者同士、という事で組まされたのかもしれない。本当は全員千葉県出身なのだが。

暴走HUNTは、ツッコミのユキと、ボケのナオミの二人の女性コンビである。風花と三人でトリオ漫才をする事になった。

ナオミ：ねえ、二人とも、カルチャーショックって感じた事ない？
ユキ・風花：カルチャーショック？
ナオミ：要するに、他の土地の文化や習慣を見て、ショックを受ける事だよ。
ユキ：そうか。あたしは地元の木更津で、よそから来た人間にカルチャーショックを受けた事があるね。
風花：へえ、どんなん？
ユキ：木更津は昔からあさりが採れる所だろう？　だからあの辺は、道路でも空き地でも、その辺にあさりのカラが落ちているのは当たり前なんだ。

ナオミ：古い民家なんか、庭に砂利代わりにまいてあったりしてね。

風花：へえー、そうなんじゃ。

ユキ：ところがさ、うちの近所に埼玉から二人の小学生が引っ越してきたんだけど、ある日、そいつらが空き地に捨てられていたあさりのカラを見て、なんと〝わあー、きれいだね。持って帰ろう〟と言って、二人ともしゃがんで拾い始めたんだ。

ナオミ：マジで!?

ユキ：びっくりしたよー。〝なんだコイツら!?〟そうか、埼玉には海がねえから、コイツらあさりのカラを見た事がねえんだー……。

ナオミ：うわー、姉さんそれはカルチャーショックだわ。あんなのうちらから見たらただのゴミくずだもんね。

ユキ：だろ?

風花：そんなに驚く事なん?

ナオミ：いや、これを聞いて驚かない千葉っ子はいないね。

ユキ：風花、お前は何かカルチャーショックの話はねえのか?

風花：そうじゃなあ。うちは東京へ出て来て、しばらくスーパーで警備員のバイトをしとった時期があったんじゃ。

ユキ：何、お前が警備員？
ナオミ：あんた、見かけのわりにすごい仕事してんだねえ。
風花：それで、夜中に警備しとったら、ある日、二人の怪しい男が入って来て、レジの中に捨てられとった新品の諭吉の束を見て、なんと〝わあー、きれいだね。持って帰ろう〟言うて、二人とも次々に袋につめ始めたんじゃ。
ユキ：オイ、それ泥棒じゃねえかよ！
ナオミ：しかも、レジの中に捨てられてるって何？
風花：びっくりしたわー。〝なんじゃコイツら!?〟そうじゃ、東京の人は貧乏じゃけえ、紙のお金を見た事がないんじゃー。
ユキ：そんな訳ねえだろ！
風花：いやーカルチャーショックじゃが。あんなん、うちから見たらただの紙くずじゃけえ。
ユキ：何、金持ちぶってんだよオメエはよ！　お前、警備員なんだからそういうのを見たら、すぐ捕まえろよな！
　お客さんが笑っている。

笑ってもらえると、風花もうれしい。

風花も凹んだ時は、お笑いを見てストレスを解消したものだ。

やっぱり、この仕事は好きだ。


「この前のレッドカーペットのネタ、面白かったよ」

「そうですかぁ、良かった！」

「埼玉の子って本当にあさりのカラを拾うの？」

「そうみたいですよ。あれは、ユキさんの実体験だそうです」

「僕もあまり拾いたいとは思わないなあ。深川にもあさりめしがあるからねえ」

今、風花は吉岡と東京ディズニーシーに来ている。

風花はディズニーランドの方はもう何度も行っていて、正直、ディズニー系には飽きていた。でもシーの方にはまだ行った事がなかったので、吉岡からどこに行きたいか聞かれた時、興味ないながらもとりあえず「ディズニーシー」と言っておいた。

しかし、いざ行ってみると、なかなか楽しいものである。お笑いで売れるようになってから、なかなかまとまった時間を取って遊びに行く事が出来なくなっていた風花は、久しぶりに遊園地を楽しんだ。

吉岡とは告白されてから、二度ばかり食事に行った事があるが、前回会った時、吉岡はこう言った。

「風花、僕は先輩だけど、これからは二人で会っている時は、もう敬語は使わなくていいからね」

ファンタジスタはチャップスティックと同期で、学年も同学年である。

「それから、僕の事も吉岡さんじゃなくて、本名の秀明《ひであき》でいいからね」

彼が下の名前を芸名に変えているのは、おそらく同姓同名の俳優がいるせいだろう。

しかし風花的には、〝吉岡秀明〟はあの俳優の事であり、どうも彼の事を秀明とは呼べなかった。かといって、〝みちる〟とも呼べず、風花は相変わらず彼を吉岡さんと呼び続けていた。

一方、吉岡は、そろそろ彼女と手をつないでみたいと思っていた。

「あの、風花……」

「はい？」

「そろそろ、手をつないでみても……いいかな？」

（え？）

正直いやだった。自分の中では、今でも池田の彼女でいる気分だったからである。

とはいえ、今更これを拒否したところで、池田の元には戻れやしない。

思い切ってつないでみる事にした。

そしてその状態でしばらく歩いた頃、風花は向こう側から一組のカップルが歩いてくるのが見えた。

次の瞬間、風花はギョッとして立ち止まった。

(あの帽子、この前池ちゃんがかぶっていたのと同じ……)

「!」

池田と目が合ってしまったのだ。

池田は同じような帽子をかぶった香織と手をつないでいる。

四人の間に気まずい沈黙が流れた。

「……」

その沈黙を破ったのは風花だった。

「フンッ!」

風花は大きく顔をそらし、自分から吉岡の手をぐいぐい引っ張って歩き出した。

どうせ冷たくされるなら、こっちから先に冷たくしてやる。

池ちゃんのバカ!

何であたしを捨てたんだ、
何であの時、あたしの心を引き留めてくれなかったんだ……

何よ、私と別れてすぐに、あんな女と手をつないだりして、本当に私の事好きだったの？

風花はまだ吉岡の手を引っ張っている。

でも……

もうダメだ。

涙がほおを伝っている。

やがて風花は吉岡の手を放し、ひとり先に走って、物陰で泣きはじめた。

「どうしたの？」

吉岡が聞く。

風花は涙で手をぬぐったあと、

「……何でもないです」

と言った。

でも吉岡にはもう分かっていた。

私の好きな人は、池ちゃんだ。

正直、もしかしたら、私には吉岡さんの方が合っているのかもしれないと思った事はある。

でも、私の心が池ちゃんを欲している。

彼に会いたがっている。

抱き締めて欲しがっている。

「吉岡さん、あたし……やっぱり彼の事、忘れられないんです。だから、今日限りで……ごめんなさい」

「そうか……。多分君はそうなんじゃないかと思っていたよ。分かった……。送るよ」

二人はシーを出た。


これで風花の心は決まった。

池田ならこう言ったはずだ。

「もし心の中にあいつがおっても、心の中のあいつごと俺んとこに来たらええ」

あたしはずっと、池ちゃんを好きでいよう……。

第六章

ディズニーシーのデートから一週間が経った。

一体、誰がいつの間に撮ったのか、写真誌には「別れた二人は今……」なんてタイトルで、ディズニーシーでの二組のカップルのデートの様子が掲載されている。通行人からは、「やっぱイイ男に走っちゃったよね」なんて軽口も聞こえてくる。

こんな日でも、芸人は笑いを取らなければならない。

その日、風花は池袋の劇場に来ていた。仕事が終わると、すでに夜十時をまわっていた。

風花は家に直行するわけでもなく、ふらふらと池袋の街を歩いていた。

すると、目立たない所に小さな映画館があった。

目立たないが看板が掲げられている。

「いつか逢えたら
主演：藤本　直哉

加奈子」

（ここ、今頃公開なんだ……）

自分達の話が元になっているとはいえ、風花は藤本が出ている映画など興味はなく、この映画を見た事はなかった。

でも今日は、何となく見てみたい気がした。時間を見ると、レイトショーが始まったばかりである。

風花は券を買って、さっそく中へ入った。

主題歌のBIC RUNGAの曲が流れている。中には風花以外、一人しかいないらしい。もちろん、暗くてよく見えないのだが。

自分達の話が元になっているとは聞いていたが、実際に見てみると、どこも同じという訳ではなかった。

まず公園でのヒザ枕が男女逆である。

つまり、藤本が加奈子を温めるのだ。

（うわ、藤本さんかっこいい……）

やばい。また藤本に惚れてしまったらどうしよう。

しかし物語は悲しい方向へ展開していった。彼は彼女に告白するが、その想いは届かず、彼女は彼の前から姿を消してしまう。彼は彼女を追って、世界の果てまで探しに行くのだ。

(全然あたし達の話じゃないじゃん……)

そして彼はとうとうニュージーランドへたどり着くが、ある海辺の小さな町で、彼女が海に落ちて亡くなっていた事を聞かされるのだ。彼はその海のがけの上で、いつか彼女に渡すはずだった手紙を、海に向かって声を出して読み始める。

「美保《みほ》へ

君と会えなくなってから
どれ位経ったのでしょうか。
僕は今も、
君を想いつづけています。
いつか、君に会えた時のために
僕の想いを
この手紙に記しておきます。

美保……
君と出会ってから、
僕の人生は
まるで夜の暗闇から
太陽が昇るかのように
明るくなりました。
君は、僕の太陽だった。
でも僕は、その裏側の
君の心の中の闇を
見つけ出す事は出来なかった……。

美保……
もし君が
砂漠に咲く
渇いた一輪の花ならば
僕は君に

あふれるほどの水を
注ぎ出すだろう。
そして　この身を盾にして
焼けつく太陽から
いつまでも　君を
守りつづけるだろう……。

なぜなら
僕は君を
愛しているからだ。
君の心の中の
苦しみも、
悲しみも、
すべて、僕の上に注ぎ出せばいい。
僕がすべてを受け止めるから……。

この手紙は
いつ君に届くのだろう?
でも　僕は約束する
君が　これを読む時も
僕は変わらず
君を愛している事を
そして　僕は信じている
君と再び逢える事を
たとえ　どんなに遠く離れていても
いつか……いつか……
再び　めぐり逢えるという事を……」

手紙は涙にむせぶ彼の手を離れ、海のかなたへと飛ばされていった。

風花は思わず声を上げ、激しくおえつしてしまった。

「ヒクッ!」

（！）

風花はハッと我に返った。

やばい、あのお客さんに聞こえちゃう。

私が〝風花〟だって事がばれちゃう。

風花はあわてて外へ出た。

ロビーの椅子に座って泣いていた。

映画を観て泣く事など、ほとんどない風花だけど、今回は泣けた。あの手紙の内容が、あの日、池田からもらった手紙の内容や、池田が言っていた事と、ところどころ重なり合うのだ。

誰もいない、深夜の映画館のロビー。

風花はハンカチで目頭を押さえ、わんわん泣いていた。

そこへドアの開く音がした。

「！」

風花は思い切りうつむき、自分が誰であるか分からないようにした。

しかしその人は風花の前で立ち止まり、動かない。

なんだか見覚えのある靴。

風花が赤く泣きはらした目を上げると、そこへ立っていたのは池田だった。

「！」

あの一人の客は池田だったのだ。

彼はあの泣き声で風花と分かり、出て来たのだ。


「あの、風花……」

池田は、静かに話し始めた。

「俺、彼女とは別れた……」

「……」

「三回目のデートで別れた。この前の、ディズニーシーの後で……」

「……」

沈黙が二人の間を流れる。

「風花、俺、ここんとこ、ずっと忙しくて……だから、風花の事構ってやれなくて、ごめんな……。

だから、風花も、これからは……」

「何、戻れると思ってんのよ!!」

風花は叫んだ。

「先にフッたのはそっちでしょ。彼女と別れたからって、何戻れると思ってんのよ!!」

「……」

「あの時、何で池ちゃんの所に行ったか分かる？　吉岡さんが私の事好きだって分かった後。本当に池ちゃんの事が嫌いだったら、あんな事わざわざ言いに行かないわよ。ゆれ動いてるあたしの心をもっとしっかりつなぎ止めて欲しかったのに、何であたしの事つき放したりしたのよ！」

「……」

風花は池田が口をはさむ間もないまま続けた。

「何であの女を助手席に乗せたのよ。あたしを乗せてくれるって言ってたのに。他の女が座ったシートなんか座りたくないわよ！」

風花は叫ぶと、映画館をとび出した。

「風花！」

風花はその声を振り切るように走り去った。

後に残された池田は、茫然と立ち尽くしていた。

ここはバーである。

カウンターには珍しく、池田が座っている。酒の飲めない池田が、このような店に入る事はない。

しかし池田は、今日はどうしても入りたくなった。

とはいえ、手にしているのはウーロン茶である。

彼はウーロン茶をちびりちびりと飲みながら、慣れない店の中、茫然と考え事をしている。

そこへ、後ろに人の気配がした。

見ると吉岡が立っている。

「池田、珍しいな。お前がこんな所に来るなんて」

池田と吉岡は、特に親しい訳ではない。

しかし、吉岡はなぜか池田のとなりに座った。

（こいつ、何でよりによって俺のとなりに……）

しかし、席をかわる気力はなかった。

吉岡は、池田には分からない名前のカクテルを注文すると、慣れた手つきでグラスを傾けている。

そんな吉岡をしばらく見つめた後、池田は言った。

「吉岡……風花の事、よろしく頼むな」

吉岡は言った。

「風花とは別れたよ」

「へ？」

風花は終電で、下北沢のアパートへ帰った。

まだ、悲しみの渦中にいる。

池田にはあんな事を言ってしまったけど、本当はずっと、彼のもとへ帰りたかった。

振られたのはあたしが悪い。全部あたしが悪い。

あの映画の言葉を思い出す。

「君の心の中の苦しみも、悲しみも、すべて僕の上に注ぎ出せばいい。

僕が、すべてを受け止めるから……」

池田も、こんな気でいてくれたのだろうか？

たしかに池田はこう言っていた。

「俺は風花の過去も何も、全部受け止めたる」

そうなのだ。

もっと、彼を信じればよかったのだ。

プライベートに仕事を持ち込みたくないから。

プライベートまで、大先輩に説教されるのはゴメンだから……。

でも考えてみれば、池田はそんな男だろうか？

風花がこれまでの人生で一番ストレスを感じるものは、仕事であった。だからこそ、私生活に仕事を持ち込みたくなかったのだが、見方を変えれば、自分と同じ種類の仕事のつらさや苦しさを、一番分かってくれる人がそばにいたのではないだろうか？

それなのに自分を守りすぎて、あえて彼を拒否して、他の男に頼ってしまったのだ。

それじゃ振られて当然だ。

彼はあたしを捨てたんじゃない。

あたしが彼を捨てたんだ。

ああ!!

また同じ間違いをしてしまった！

いつも後になってから気付くんだ……。

風花は、自分が情けなくなった。

やがて涙もおさまってきた風花は、スタイリスト時代の事を思い出していた。

あの頃は、恋愛なんか関係なかった……。

二人の一番楽しかった頃かもしれない。

彼はバイク好きであった。ある日、店のショーウィンドウの前を歩いていた彼は、風花の知らない外国製の大きなバイクの前で、生き生きと説明を始めた。

「俺な、いつか彼女が出来たら、このバイクの後ろに彼女を乗せて、海へ連れて行くのが夢なんや。ほんで、砂浜でプロポーズすんねん」

「わぁ、プロポーズまで考えてるんですか?」

キャハハと笑い合った二人。

もしかしたら池田は、その頃から風花の事を念頭に置いていたのだろうか?

懐かしい……。

もうあの頃には戻れない。

恋愛なんかするもんじゃない……。

風花は疲れて、急に歳をとったような気がした。

風花はそれから眠れなかった。

パジャマにも着替えず、床に座り込んだままだった。

外では新聞屋のバイクの音がする。

(新聞屋さんって何でこんなに早いんだろう。こんな時間から新聞を読む人なんかいるのかなあ……)

風花は、バイクの音が自宅前を通り過ぎるのを待っていた。

ところが、そのバイクの音が自宅前からずっと動かないのだ。

やがてエンジンが止まった。

「?」

不審に思った風花が窓の下をのぞくと、一人の男が、電柱の下にバイクを止め、降りてくるのが見えた。

電柱についている外灯で、ヘルメットを取った男の顔が見えた。

(池ちゃん!?)

風花はあわてて二階の部屋から階下へ下りていった。

（何で!?）

池田にかけ寄っていく風花。

池田は風花を見ると、特に驚く事もなく、

「やっぱり起きとったか」

と言った。

「池ちゃん、どうしたの？」

「風花、大事な話があるんや。これからこのバイクで二時間、付きおうてくれるか？」

（二時間……今から？）

「どこへ行くの？　私、今日は夕方から仕事だよ」

「知ってる。マネージャーさんに聞いた」

「池ちゃんは？」

「俺はオフや」

彼は風花にヘルメットを差し出した。

「助手席の一番はゆずってもうたけどな、これは、風花が一番や」

「……」

生まれて初めてのバイク二人乗りである。

風花は池田から借りたヘルメットとライダースジャケットを着込み、彼の後ろの席に座った。

「もっとしっかりつかまり」

彼の腹をかかえる。

「ほな行くで」

ブルン、ブルン、ブルン……とエンジンを鳴らし、二人を乗せたバイクはまだ真っ暗な住宅街を走り出した。

まだ街は眠っている。人通りもない。

時々二人に気付いた犬がワン、ワンと吠えるのみである。

やがて大通りに出た。ここも人通りはない。

外灯とコンビニと、信号だけが光っている。

そんな街をしばらく走った後、池田が言った。

「風花、もっとしっかりつかまり。これから高速乗るで」

「高速？」

「しっかりつかまっとらんと、吹き飛ばされるで」

うわっ、何でそんな状況に私を連れて来たの？

池田は料金所を通過すると、バイクのスピードをぐんぐん上げた。

まるでジェット機が飛び立つ時のように。

「うわー、うわー、きゃー!!」

思わず声を上げる風花。

バイクはついに加速路線から本線に入った。

こんな時間なのに、もう大型トラックが走っている。

顔に吹き付ける強い風。

自分がこんな状況にいるなんて信じられない。

命綱は自分の二本の両腕だけ。

でも今は、彼を信じて、しっかりつかまっていよう。

吹き飛ばされないように。

何ものにも、流されないように……。

第七章

やがてバイクは高速を降り、一般道へと出た。走行もぐっと緩くなり、風花も一安心である。

池田は一軒のコンビニにバイクを止めた。

「ちょっと休憩しよか」

そのコンビニは、中で休憩も出来る。

「風花、トイレとか大丈夫か？」

「じゃ、一応行っとく」

二人は中へ入った。

「わぁー、あったかーい」

二人は飲み物と、いくつかのちょっとした物を買い、テーブルについた。

久々に向かい合う二人。

自然と笑みがこぼれた。

「どうやった？」

「うん。ちょっと恐かったけど、面白かったよ」

「そうかあ」

そして店を出ると、再び走り続けた。


延々と続く一本道。

暗くてよく見えないが、周りはきっと田んぼだろう。電柱の外灯くらいしか見えない。

しかし、周囲の闇の色が段々うすくなり始めた。

「あかん、もっと急がな」

池田はバイクのスピードを上げた。

やがて「ようこそ白砂海岸へ」という看板が見えた。

ここは九十九里浜である。

バイクはその看板をくぐり、駐車場へ止まった。

風花はバイクを降り、ヘルメットを外した。

その途端、目の前の光景にびっくりした。

「うわぁ！」

空の下の方が、オレンジ色に染まっている。

二人はヘルメットを外すと、砂浜のもっと奥の方へと歩いて行った。

水平線に、太陽が少し出かかっている。

海から太陽が昇るのを見るのは、これが初めてだ。

でも、こんなにきれいだとは思わなかった。葛西臨海公園の夕日もすてきだけど、これはそれ以上だ。オレンジ色の太陽が、水平線上でぐんぐん大きくなり、周りの空をどんどんダイナミックに大きく明るく染めていく。

「きれーい……」

風花は感動した。

池田は風花の横で、静かに朝日を見つめている。

やがて太陽が昇りきると、空はいつの間にか、雲ひとつないよく晴れた青空に変わっていた。

午前五時。

駐車場には、サーファーらしき若者の車が数台止まっている。

でもこの辺には、誰もいない。

二人は海の家の前に置かれたすのこに腰を下ろし、静かに海を眺めていた。

池田は缶コーヒーを手にし、水平線をじっと見つめている。彼の赤茶色のほおを、冷たい風がさらさらと流れていく。

その姿は、確かに香織の言うとおり、格好良く、男らしい。

風花はそんな彼をじっと見つめていた。

「池ちゃん……」

「ん？」

池田がこっちを向いた。

「あたし、吉岡さんと別れたよ……」

「そうか……」

池田はコーヒーを一口飲むと、風花の目を見て、真剣な顔でこう言った。

「風花、これからは、言いたい事は何でも俺に言い。どんな事でも」

「……」

「全部、俺が受け止めたるから」

「……うん」

この言葉が、すべてを物語っていた。

もうそれ以上、言葉は必要なかった。


二人はそれから、どの位海で過ごしただろうか。

池田は波打ち際を静かに歩き続けている。

風花は少し離れて、その後ろを歩いている。

二人は黙ったまま、歩き続けている。

（そういえば池ちゃん、大事な話があるって言ってたけど、大事な話って、さっきのあれ？）

ここまで連れて来て言うほどの事ではない気がする。

（池ちゃん、何で私をここへ連れて来たんだろう。朝日を見せるため？）

仲直りしたはずなのに、ちっとも和まない。緊張した空気が続いている。

そういえば、スタイリスト時代に見たあのバイク、どんなバイクだったか忘れたけど、もしかして、あれ、例のプロポーズバイク!?

（まさか、今日それはないよね。仲直りしたばっかかで……）

風花がそう考え直した時、池田が足を止めた。

「風花」

彼が振り向いたので、風花も足を止めた。

池田はまた前を向いて言った。

「俺はな、恋愛するの、風花が初めてで、女の子の事も、よう分からんし、もしかしたらこれからも風花の事、困らせてしまう事があるかもしれん。

でもな、俺、思うんや。

最初から、何もかもうまく出来る人間はおらん。みんなつまずいたり、壁にぶつかったりしても、その度にまた立ち上がって成長していくものやと思う。

俺はこの先、何度つまずいても、その度にまた立ち上がって、風花の事、愛し続けていきたいと思う。

だから、風花……結婚しよう」

(えっ!!)

まさかのプロポーズ……。

(そんな、池ちゃん、今答えを出せって言うの？

この瞬間に、あたしの人生が決まってしまうの？)

池田はまっすぐ風花を見つめている。

「……」

風花がなおも黙っていると、池田が言った。

「指輪はまだ用意してへん。でも必ず、俺の給料三ヶ月分の指輪を……」

「そんなのいらない！」

風花はとっさに答えてしまった。

風花は指輪も宝石も興味がない。

それに、愛の大きさはダイヤの値段で計れるものじゃない。

「……」

今の言葉で、池田は断られたと思ったのだろうか。

（違うよ、池ちゃん……

〝これからも困らせてしまうかも〟なんて、いつも、困らせているのはあたしの方、傷つけてしまうのも、あたしの方……）

風花は涙がにじみそうになり、うつむいた。

（でも池ちゃんは、そんな私を愛してくれている）

「……」

風花はしばらく下を向いて考えた。

ついに風花の心は決まった。

風花は頭を上げ、池田の目を見て話し始めた。

「池ちゃん……。

さっき言われた時、あたし正直、びっくりした。こんな突然言うなんて……今この瞬間に、あたしの人生、決められる訳ないじゃんって思ったの」

「……」

「でもね、あたし、吉岡さんに教えられたの。憎しみに憎しみを返しても、何にもならない。でも愛を返せば、むこうからも愛が返ってくるって。もし自分の好きな人が、他の人に傾いたりしたら、あたしは許せないかもしれない。

でも、池ちゃんは許してくれた。

そして、今までよりも、もっともっと大きな愛であたしを包もうとしてくれている。

だから、あたしも……。

その愛にこたえようと思う……」

「えっ、風花、それじゃあ……」

「池ちゃん！」

風花は叫んだ。

「もう一度言って！

もう一度、大きな声でプロポーズして！」

「風花ー!!」

池田は絶叫した。

「俺と、結婚してください!!」

「はい!!」

次の瞬間、二人は波打ち際で抱き合った。

二人のまわりに波しぶきが舞い上がる。

しばし抱き合った二人は、やがてキスを交わし、再び抱き合った。


風花はふと、足元が冷たい事に気付いた。

下を見ると、すねの半分くらいまで水に浸かっている。

潮が満ちてきたのだ。

「池ちゃん、足……」

「ん？」

その途端、ズズズズ……と波が引き、二人はその勢いで、バランスをくずして、泥の上に倒れ込んでしまった。

「うわっ！」

そこへさらに大きな波がザブン！　とかかり、二人は首から下はずぶぬれになってしまった。

「あちゃー」

「冷てー」

「何かあたし達、こうなっちゃうところがお笑いだよね」

「そやな！」

二人は笑った。

「いやー、でもこれ、ほんまにどうしよう？」

今は海の家が開いている季節ではない。

「池ちゃん、ここ何海岸？」

「白砂海岸やけど」

「もう少し先の海岸の近くに、あたしのいとこが住んでるよ」

「え、そうなん？」

「そこに行って、服、乾かさせてもらおうよ」

二人はバイクでそこに向かう事にした。

「まだ朝の七時やで。いきなりお邪魔して大丈夫かなあ？」

「大丈夫、田舎の人は朝が早いから」

二人は広大な田んぼの中の一本道を走り、大きな門の前に着いた。

「このまま入っちゃって大丈夫」

「え、入っちゃってえぇの？」

「うん、入ってから中の庭に停めて」

言われた通り、池田が庭にバイクを停めると、おばさんが出て来た。

確かに朝の七時なのに、別に迷惑そうでもない。普通に来客を迎える感じである。

風花がヘルメットを取ると、おばさんがびっくりした。

「まぁ、風花ちゃんじゃない！　こちらは……え、チャップスティックの池田君!?

どうしたの、二人そろってー！」

「あたしたち婚約しましたあー！」

風花は開口一番に言った。

「え、婚約したの？　いつ？」

「今、さっき、そこの海で……」と池田が答えた。

「まあ、それで一番にうちにあいさつに来てくれたのね！」

「そうです！」と風花。

結果的にそうなってしまっただけだが……。

「風花ちゃん！」智子《ともこ》が出て来た。

「あ、智ちゃん！」

智子は、風花の四歳年上のいとこである。

「あの、おばさん、あたし達海を歩いていたら、びしょぬれになっちゃって……あの、服、乾かさせて頂いていいですか？」

「いいわよ、上がってってちょうだい」

おばさんは快くＯＫしてくれた。


さて、服が乾くまでの間、風花は智子の服、池田は風花の伯父の服を借りる事にした。

そして、昨日から一睡もしていない風花は、縁側の畳の部屋で休ませてもらう事にした。

二つ折りの座布団と上掛けを借りて来て、風花はごろりとたたみの上に横になった。

「風花、夕方から仕事やろ。ゆっくり寝とき」

池田は縁側の廊下に腰をかけた。

空は雲ひとつない青空で、まっ平らな関東平野には、延々と田んぼが広がっている。

「ええ所やなあ」

池田の口から思わずそんな言葉が漏れた。

これを聞いて、風花はホッとした。

あの岡山のおばさん連中の様な事を言う相手だったら、一緒に暮らしたくない。

もっとも、彼は京都人なので、風花はあまり心配していなかった。

面白い事に、大阪人と京都人は、千葉に対する反応が違うのだ。

大阪人は前述のわらび餅オヤジの様に、やたら「文化がない！　文化がない！」とうるさい人が多い。しかし京都人は、こっちが「田舎でしょ？」と言っても「いやー、気候が良くて住みやすいわー」と誉めてくれる。

京都人ははっきりものを言わないらしいからか？　と思っていたが、彼の様子を見ると、どうやらそういう訳でもないらしい。

多分京都は盆地で、夏は暑さが激しく、冬は寒さが厳しいらしいので、千葉が住み心地が良く感じられるのかもしれない。

「池ちゃん」

「何や？」

「あたしこの前、相澤《あいざわ》Pにダメ出しくらった」

「相澤Pに？」

「あの人キツイよね」

「そやな。俺も東京に来たての頃は、よく泣かされた。ま、あの人の言う事ももっともなんやけどな。でもそこまで乱暴に言わんでもええやろ思う事あるよな！」

「そうそう！」

何だ、こんな事ならもっと早くから仕事の話をしておけば良かった。してみると案外簡単なものだ。

池田が風花のかたわらにやって来て、畳の上にごろりと横になった。

「池ちゃん、昨日の映画、最後どうなったの？」

「あぁ、あれはな、亡くなったはずの恋人が生きとって、あの後藤本の後ろから現れて、ハッピーエンドになるんや」

「なぁんだ、そうだったの」

風花はアハハと笑った。

「あたしたちもハッピーエンドだね」

池田は笑顔で「そやな」と言いかけたが、急にまじめな顔になり、

「風花、これはエンドやない。二人のスタートや」

と言った。

「……そうだね」

風花もまじめな顔でうなずいた。

やがて二人は、そのまま眠ってしまった。

智子が縁側の廊下を通りかかり、風花にかかっていた上掛けを、二人に掛け直した。

「ほんまにすいません、こんな事までしていただいて……」

池田は恐縮している。

風花は夕方から仕事があるため、彼らは一時にはここを発たなければならない。そんなわけで、おばさんが少し早めに食事を用意してくれたのだ。

風花達は朝食を食べていないので、これはブランチである。食卓には〝ながらみ〟

という巻貝や、なめろう、ゆでピーナッツなどが並んでいる。

「これ、京都の料亭で食べたらめっちゃ高い貝ですよ？」

「ここでは安いわよ。そこの海で採れるもの」

おばさんは笑う。

とはいえ、この辺りでもながらみは昔に比べたら、ずい分高くなったものだ。おばさんは、今日は二人の婚約を祝して特別に出してくれたのである。

「夜だったらよかったのにねえ。お酒も出せるのに。これはお酒のつまみに合うのよ」

「おばさん、池ちゃんは飲めないんですよ」

と風花が言った。

「池ちゃんって呼んでるの？　風花ちゃんも、池ちゃんになるんでしょ？」と智子が言った。

「俺、〝千昭〟呼ばれるの好きやないんですよ。女の子みたいやし……」

池田は、自分の名前が気に入っていないようである。

「それに、俺に千昭は似合わんでしょ？」

「そんな事ないわよ」とおばさんが言った。

「あたしも、池ちゃんに千昭は似合わないと思う」

「なあ、風花。俺、何て名前やったらええと思う？」

「そうだなあ……」

と、風花は考えた末、こう答えた。

「勘太郎」

「カンタロウ!?」

三人共びっくりである。

「何でそんなんがええの？」

「だって、池ちゃん、勘がするどいから……」

「あかんわ、それやったら千昭の方がええわ！」

全員笑った。

「もっとゆっくりしていけばいいのに。でも子供達が帰ってくる前でよかったかもね。この辺の子供達に見つかったら、二人共サインねだられて大変よ」

きっとそうであろう。

風花はバイクにまたがった。

「それじゃ、おばさん、また来ますね」

「気を付けてね」

「バイバイ!」

おばさんと智子は、門の外まで見送りに出てくれた。

風花はバイク上から手を振ると、池田につかまり、再び九十九里のまっすぐな道路を走り始めた。


どこまでも続く九十九里の平野。

どこまでも続く平坦な一本道。

でも二人の行く道は、決して平坦ではないだろう。

時にはつまずいたり、壁にぶつかったりする事もあるだろう。

それでも二人は、決して離れないだろう。

二人の間に、愛がある限り……。


「池ちゃん」

「何や?」

「あたし、婚約指輪いらないって言ったけど、やっぱり欲しい」

「えー⁈」

「給料の三ヶ月分とかじゃなくていいの。何か記念になるのが一つあればいいなと思って。高いものより、かわいいのが欲しい」

「そうか、なら今度、見に行くか」

風の中に二人の笑い声がこだまする。

風花二十五歳、池田千昭三十四歳。

雲ひとつない、よく晴れた青空の日の事であった。


（おわり）

著者プロフィール

星 優利愛（ほし ゆりあ）

関東在住。

ブサイクの君に恋してる

2024年 9 月15日　初版第 1 刷発行

著　者　星 優利愛
発行者　瓜谷 綱延
発行所　株式会社文芸社
〒160-0022　東京都新宿区新宿1－10－1
電話　03-5369-3060（代表）
03-5369-2299（販売）

印　刷　株式会社文芸社
製本所　株式会社MOTOMURA

ISBN978-4-286-25608-5